契約婚ですが、エリート上司に淫らに溺愛されてます

入海月子

Tsukiko Irumi

Eternity
BUNKO

目次

契約婚ですが、
エリート上司に淫らに溺愛されてます

プロローグ

「契約成立だ。その証に抱かせろよ、お嬢様？」

理人《りひと》さんは、その整った顔をニッと崩して笑い、私の唇を奪った。

その流れるような動作に、私は身動きひとつできなかった。そんなふうに笑うとまるでイタズラっ子のようだとぼんやり思う。完璧な上司の、魅惑的な男の顔――

彼の少し冷たい唇がもう一度戻ってきて、私の思考を攫《さら》う。

やわらかいそれが、私の唇を挟むように動いたかと思うと、にゅるりと熱い舌が入ってきた。

（キスしたのも初めてなのに、こんなの、どうしていいのかわからない……）

固まった私の反応に構わず、彼の舌は好き勝手に私の口の中を探り、上顎をくすぐるように擦《こす》る。

ずくん、と感じたことのない感覚が生まれて、私は喘いだ。

縋《すが》るように彼の腕を掴んでしまう。

少し顔を離した理人さんは湿った唇を指で拭って、私を見下ろした。

切れ長で鋭い目が、検分するように私を見ている。

鋭く見えるのは、長くまっすぐ生えた睫毛が目の輪郭を濃く縁取っていて、目を酷使した後のようなクマがあるからかもしれない。

それでも、魅力的なその顔は、彼が通るだけで女性がざわめくほどで、彼と結婚したいという女の人なんて星の数ほどいそうだ。

（それなのに、なぜ私の契約を受けてくれたのかしら？）

そんな私の疑問も、理人さんが耳もとに唇を寄せてからは、まともに考えられなくなった。

「葉月《はづき》……」

ささやく声に、初めて名前を呼ばれた。

一章　うつむく癖《くせ》

私、水鳥川《みとりかわ》葉月はグローバル企業である水鳥川興産の社長の一人娘。いわゆる社長令嬢だ。

水鳥川家は女系のようで、母も祖母も一人娘だった。

代々、優秀な婿《むこ》を取って、事業を繁栄させてきたという。

二十四歳になった私もそろそろと言われながら、今現在は、父の会社の財務部で事務の仕事をしているが、名字から社長の娘であることは歴然で、みんなに腫《は》れ物に触るように扱われている。

(私にどんな態度を取っても、お父様は気にしないのに)

当然仲良くしてくれる人もなく、内気な私は自分から人の輪に入っていくこともできず、どこに行っても孤独だと溜め息をついた。

◇◆

「イ、イケメンがうちの会社にいる!」

「月曜から眼福《がんぷく》だわ! 誰よ、あれ?」

「今日から赴任された真宮《まみや》理人部長、二十八歳、独身。外資系証券会社からヘッドハンティングされてうちに来たらしいわよ」

「なに、その詳細情報⁉」

「総務の子から聞いてたの。とんでもない有望株がうちに来るって」

「二十八で財務部長って、早くない?」

「財務部長は宇部《うべ》さんのままよ。彼は専門職で専任部長なんだって」

「私、絶対狙う〜！」

「やめとけば？　秘書や受付嬢の取り合い必至よ」

「こわ〜。私は観賞用でいいわ」

きゃいきゃいと騒ぐ賑《にぎ》やかな声が聞こえて、ふと顔を上げたら、ちょうど財務部に入ってきた噂の彼と目が合った。

みんなが騒ぐだけあってスラリと背が高く端整な顔立ち。左から右に流した前髪は目にかかりそうなくらい長くて、妙に目力がある。

でも、視線が重なった途端、それがふっと緩《ゆる》んで細められた。

ドキッとして、なにげなく目を逸《そ》らす。

彼は宇部部長に連れられて入ってくると、軽く会釈した。

「今日から一緒に働いてもらう部長の真宮理人さんだ。部長と言っても、私がお役御免《ごめん》になるわけではなく、彼には専任部長として、投資信託業務に携《たずさ》わってもらう」

はははっと笑って紹介した宇部部長のあと、真宮部長は再度会釈をして挨拶を始めた。

宇部部長がずんぐりとしていてちょっと猫背だから、その隣に姿勢よく立った彼はよりいっそうスマートに見えて、女性達からほぅっと溜め息が洩《も》れる。

「ご紹介にあずかりました真宮理人です。シルバーブレイン証券でトレーダー、ディーラーをしていました。その知識を活かして、皆さんのお役に立てるよう励みますので、よろしくお願いいたします」

シルバーブレインと言えば超大手の証券会社で、「超エリートじゃない？」「すげーな」とまたしてもさざなみが起きた。

そこに切羽詰《つ》まった様子の営業部長が駆け込んでくる。

「宇部部長！　人手を貸してくれないか⁉　ミスがあって、午後からの大井山《おおいやま》商会のプレゼン資料の準備ができていないんだ！」

「大井山商会って、今期の最重要案件じゃないか！　手の空いている者は応援に行ってくれ！」

顔色を変えた宇部部長が言うので、私は立ち上がった。

「あ、水鳥川さんはいいから！」

「水鳥川さんにやらせるような仕事じゃないから！」

宇部部長と営業部長から口々に焦《あせ》ったように言われた。

「私、なんでもやりますから」

「いやいや、本当にいいって！」

「気持ちだけ受け取っておくよ」

「そうですか……」

猫の手も借りたい状況だと思うのに拒まれてしまう。

まただと思いながら、うつむいた。

「というわけだから、真宮部長、悪いね。午前中は書類整理でもしていてよ」

宇部部長がそう言って、営業部長と出ていこうとしたとき、真宮部長は私を指し示し、意外なことを言った。

「それなら、彼女に社内の説明をしてもらっていいですか？」

一瞬、止まった宇部部長は私の顔を見る。

私がうなずくと、「あぁ、いいよ。じゃあ、水鳥川さん、よろしくね」と言い、あたふたと出ていった。

皆が出ていき、残された私は、真宮部長の席へと歩み寄った。

「水鳥川葉月と申します。よろしくお願いします」

「水鳥川ってことは血縁なの？」

「はい。社長の娘です」

「社長令嬢か。だから、さっきみたいな扱いなんだ。それじゃあ、失礼のないようにしないとね。よろしく、お嬢様」

失礼のないようにと言いつつ、真宮部長はからかうような言葉をかけてくる。私はむっとしたけど、「お気遣いなく」とスッと流して、彼のパソコンを立ち上げた。

「それでは、まず社内のシステムからご説明しますね。総務でお伝えしているパスワードを入力してログインしてください」

そう伝えて、パスワードを見ないように目を逸らす。

「ログインしたよ」という声に再び画面を見て、デスクトップに設置してあるアイコンを指しながら、ひとつひとつ説明していった。

うちはオリジナルの社内システムを採用しているから、情報のやり取りはすべてそこで行う。

真剣に説明しているのに、真宮部長がクスッと笑うから、私は話を止めた。

気がつくと、座っている彼に半ば覆《おお》いかぶさるような体勢になっていて、慌《あわ》てて身を起こす。

「なんでしょうか?」

頬にかかっていた髪を耳にかけながら、平静を装って私が聞くと、真宮部長はまた笑みを浮かべた。彼は笑うと鋭い眼差しが緩んで、人懐《ひとなつ》こい表情になる。

「お嬢様は真面目だね。社内説明って、まずフロアを連れ回されるのかと思った」

「そちらの方がよろしいでしょうか? まずはお仕事関係を確認したいかと思いまして、システムを優先してしまいました。失礼しました」

決めつけずに、まずは聞けばよかったとうつむく。

「いや、正解だ。……お嬢様なのに、うつむくのが癖なのか？」

「申し訳ありません」

「謝る必要はない。気位《きぐらい》が高すぎるのもどうかと思うけど、そんなに自信なさげにしなくてもと思っただけだよ」

（自信に満ち溢《あふ》れた彼には、気弱な私が不思議に見えるのかしら）

そんなこと言われても、とまたうつむきかけてはっと気づき、視線を逸らした。

真宮部長はそれ以上深く追及せず、「説明を続けて」と言った。

システムの説明をして質問に答えていたのに、気がつけば、なぜか私への質問になっていた。

仕事内容やスキルなど、あれこれ尋ねられる。

なにをするにも自信のない私はせめて知識を身につけようと、簿記試験や秘書検定の勉強をしていた。ビジネススキルは身についているはずだ。

それを聞いた真宮部長は「やっぱりお嬢様は真面目だね」と笑った。

「それで、今の仕事量はどう？」

「もっと私にできることがあればと思っています」

「つまり物足りないか」

「いえ……」

「仕掛《しかか》りは？」

「特にありません」

　翌日に持ち越すような仕事を任せられていない。忙しいと言っている人に声をかけても遠慮されるので、最近は声をかけること自体しなくなった。

　答えながら情けなくて、だんだんうつむいてきてしまう。

「ふ～ん、わかった。ありがとう」

　真宮部長は一通り聞き終わって納得したようで、質問攻めが終わって、ほっとした。

　見た目からできる人、という感じの真宮部長への受け答えは緊張した。

「フロアの説明は要りますか？」

「なにか知っておくべきものはあるか？」

「部署の説明は総務部からありましたか？」

「あぁ、それはいい」

「あとは、社員食堂を利用されるなら、二階です。そこに自販機コーナーと、ちょっとした休憩スペースがあります。自販機はこのフロアにもありますが。喫煙室は……」

「タバコは吸わないからいい」

「では、それくらいでしょうか」

「あぁ。ありがとう」

私は会釈をして、自席に戻った。

その日はそれで真宮部長とのやり取りは終わり、それ以降、話すこともなかった。それなのに、翌日、彼のアシスタントに指名されて、驚いた。

「今日から水鳥川さんは真宮部長の仕事を手伝ってください」

「は……い?」

「席も移ってね」

「……はい」

出社するといきなり宇部部長に言われて、私は戸惑った。

女子を中心に周りがざわめく。

「いいなー。なんで水鳥川さんなの? 私もサポートしたい」

「水鳥川さんが一番暇《ひま》だからじゃない?」

「確かに! あ~あ、私の方が仕事できると思うんだけどな」

「こら、失礼なことを言わない。真宮部長のご指名だ」

やっかむ声を宇部部長が咎《とが》めるのを聞き流して、ノートパソコンと書類入れを持って移動する。うちはフリーアドレスになっているから、この二つを移動させるだけで席替え完了だ。

(真宮部長のご指名……。どうして?)

疑問に思いながらも、真宮部長のデスクと直角になっている席についた。この一角は真宮部長のために設置されていたので、三席しかなく、私の向かいは空席だった。

「それじゃあ、よろしくな」

「こちらこそ、よろしくお願いします」

パソコンを繋《つな》ぐと真宮部長に声をかけられる。

早速だが、と紙を渡されて、「そこにリストアップしてある会社の信用情報を集めてくれ。午前中にできるか？」と聞かれた。

うちは専門のデータバンクと契約しているから、照会するだけで簡単に済む。

「できます」

私がうなずくと、続けて違う紙を渡された。

「次に、そこに書いてある会社の情報を集めて、今から渡すフォーマットデータに入力していってくれ。これは今日中だ」

「承知しました」

毎日時間を持て余していた私は、仕事ができて張り切った。

そして、やればやるほど仕事は降ってきた。

真宮部長の指示は的確で無駄がなく、彼の優秀さを感じる。

十二時になり、昼休憩の時間だったけど、切りのいいところまでやりたいと思い、作業を続けていたら、トントンと私の机を叩く音がした。見れば、真宮部長だった。

身をかがめて、私を流し見る姿に、胸がざわつく。

（みんなが騒ぐだけあって、この人って、端整なだけじゃなくて、なんだか色気がある）

そんなことを考えているとは思っていないだろう彼は、上司の顔で注意してきた。

「その仕事は今日中って言っただろ？　休憩はしっかり取って、メリハリつけてやれ」

「はい。申し訳ありません」

「お嬢様はもうちょっと肩の力を抜けよ」

真宮部長はふっと笑うと、ランチに出かけていった。

どうやら彼の中で、私の呼び方は「お嬢様」に決まってしまったみたいだ。

他の人から言われると疎外感《そがいかん》を覚えるその言葉も、真宮部長の口から出たらなぜか親しげに感じるから不思議だ。

（仕事ができる人だから、きっと人の心をつかむのもうまいんだわ）

今までに周りにいなかったタイプに困惑したけど、こんなふうに会社で充実感を持ったのも初めてで、ありがたくも感じた。

やることがあるというのは本当にいい。

ランチはいつも売店でサンドイッチやパンを買って、屋上でひとり食べている。

入社当初、フロアの女性と食堂に行った時期もあるけれど、部長や課長のあからさまな特別扱いに不満を持っていたみたいで、遠回しに嫌味を言われた。それは聞き流すとしても、噂話や愚痴の多い会話に疲れてしまって、そのうち「今日はお弁当だから……」と離れてしまった。

（こうやってうまく人の輪に入っていけないところがダメなのね、きっと）

タマゴサンドを食べながらそう思うけど、居心地の悪い雰囲気の中にいるより、ひとりでいた方がいいとも思ってしまう。

昔からそうだ。

水鳥川の名前は影響力が絶大で、女子校時代にも仲のいい子はできなかった。いつも相手を萎縮《いしゅく》させたり、逆に擦《す》り寄られたり、私にとっては迷惑なものでしかなかった。

（普通の家に生まれていたら、こうじゃなかったのかしら）

溜め息をつく。けれど、それが私なんだから仕方がない。

食事を終えると、私は仕事の続きを始めた。

◇◆

毎日、真宮部長はどんどん仕事を渡してきて、わからないことがあれば、丁寧に教えてくれた。『お嬢様は勉強熱心だな』とからかいながら。

仮にも財務部にいたので、金融用語は知っているけど、投資関連のことはまったく未知だった。

慌てて何冊か本を買ってきて勉強しているけど、まだまだ知識が追いついていない。最初はうらやましいと言っていた女子社員も、私の仕事量を見て口をつぐむようになった。宇部部長が心配して、私に尋ねてくるぐらいだったから。

でも、真宮部長は過度な仕事を押しつけてくるのではない。不思議なくらいに、集中したら定時で終えられる絶妙な仕事量を与えてくれていたので、宇部部長には問題ないと伝えた。

そのくせ、自身はワーカホリックのようで、朝早くからずっとスマホやパソコンで全世界の金融情勢を見張っていた。

世界は二十四時間動いているからな、と。

そして、目が疲れるのか、よく目もとを揉《も》んでいた。

常にクマがあるのも、そのせいみたいだ。

「あの、これ、よかったら……」

ある日、私は真宮部長に目薬を差し出した。

そんな疲れ目なのに、目薬を使っている形跡がなかったので、余計なお世話かと思ったけど、私が愛用しているものと同じ目薬を用意してみた。

昔、資格試験の勉強に根《こん》を詰めて目が疲れているときに、お手伝いさんから教えてもらったものだ。最近、投資本を読んで疲れたときにも使っていて、とても使用感がいい。

意外とばかりの顔で目薬を見つめたあと、ニッと笑って、真宮部長はそれを手に取ってくれた。

「ありがとう。目薬をさしたらいいんだろうなとは思うんだが、つい面倒くさくて忘れてしまうんだ」

そのいつもよりくだけた笑みに、トクンと心臓が跳《は》ねた。

真宮部長は早速目薬を使ってくれて、「思った以上にスッキリするな」とつぶやいた。

持ってきてよかったと私は頬を緩める。

ふいに、じっと見つめられた。

潤《うる》った瞳は、より魅力を増していて、吸い寄せられるように見てしまう。

「な、なにか？」

ちょっと動揺して問いかけると、「なんでもない」と、彼は目を逸らした。

◇◆

「こら、また時間を忘れて仕事しているのか？」

打合せに出かけていた真宮部長から声をかけられて、時計を見た。

（十二時五十五分。いつの間に……）

「スケジュール調整も仕事のうちだぞ？」

「すみません……」

あきれたような真宮部長に頭を下げる。

昼休みは一時までだから、今から売店に行く時間もないし、自販機で飲み物でも買ってこようと思い、立ち上がった。

廊下の自販機にコーンスープがあって、少しはお腹が満たされるかと買ってみる。

席に戻ると、真宮部長が眉を上げた。

「昼に行ったんじゃなかったのか？」

「お昼休みはもう終わるので」

「融通《ゆうずう》の効かないお嬢様だな。ずらしたと思えばいいだけじゃないか」

「いいえ、規則ですから」

社長の娘が会社の規則に従わないなんて、示しがつかない。

そもそも真宮部長の言うとおり、時間管理のできていない私が悪い。

「風紀委員かよ！　お嬢様はお堅いな」

そう揶揄《やゆ》しながら、真宮部長はなにかを放ってよこした。慌ててキャッチする。

「仕方ないな。俺の秘蔵のチョコをやるよ」

秘蔵の、と言うわりに、それは市販のチョコウエハースで、私は手の中のものをしげしげと眺めた。

「好きなんだ、それ。お嬢様のお口には合わないかもしれないが」と照れくさそうに言って、真宮部長はパソコンに向き直った。

「いえ、ありがとうございます」

ありがたく、チョコウエハースとコーンスープのランチを取り、私は仕事を続けた。

充分な仕事量、気安い軽口、たまには注意まで。そんな普通の会社生活が私にとってはとても新鮮だった。

（こんなに充実した生活は初めてだわ……）

真宮部長をヘッドハンティングしてくれた会社と、もちろん本人にも感謝した。

◇◆

そんなふうに、今までの一年分を働いたような一ヶ月が過ぎ、会社の創業パーティーの日になった。毎年取引先を呼んでホテルで盛大に開催している立食パーティーだ。

私は髪をアップにして、化粧をしてもらうと、ロイヤルブルーのドレスを着た。

私の髪は直毛でパーマもすぐ落ちてしまうほど。だから、まとめ髪も美容師さん泣かせなんだけど、さすがはプロ。ピンを駆使《くし》して、華やかに仕上げてくれる。

フィッシュテールのドレスは小柄な体に合わせて作ってあるから、さしてスタイルのいいとは言えない私の姿もバランスよく魅力的に見せてくれる。なにより、好きな色に身を包むのはテンションが上がる。

（綺麗にしてもらえると、やっぱりうれしいものね）

誰が見てくれるというものでもないけれど。

そう思っていたら、私を迎えに来たお父様の秘書の河合《かわい》さんが褒《ほ》めてくれた。

「お嬢様は色白だから、ロイヤルブルーが似合いますね。とても上品でお美しいです」

「河合さんこそ、とっても素敵」

私は微笑んで返した。

河合さんはナイスバディな美人で、黒のタイトなドレスを格好良くセクシーに着こなしている。

大人な女性って感じで憧れる。

準備のできた私は、河合さんと一緒にお父様の車に乗り込んで、パーティー会場に向かう。

運転手の澤井《さわい》さんも目を細めて、私のドレスアップした姿を絶賛してくれた。

お父様はいつものように無反応だった。


ホテルの会場は開始時刻前にもかかわらず、すでに大勢の招待客が集まっていて、グラスを片手に笑いさざめいていた。

丸テーブルがいくつも設置されており、壁際にはビュッフェコーナーがある。美味しいという噂だけど、まだ食べたことはない。

お父様は、早速お客さんに挨拶に行ってしまった。

パーティーが始まるまで、私には特にやることはない。

(始まってからだって、お父様の隣でにこにこしているだけだけど)

これから始まる数時間を思って、そっと息を吐いた。

トレーを持ったウェイターに飲み物を勧《すす》められて、白ワインを取る。

「葉月さん、こんばんは。今日は一段と可憐で綺麗だね」

顔に笑みを貼りつけて、内心はぼーっとしていたら、声をかけられた。

その人は緩やかにウェーブした茶色い髪に甘いマスク、輸入物っぽいチャコールグレーのスーツを着たとびきりオシャレな人だ。

「一柳《いちやなぎ》さん、こんばんは。本日はお越しくださり、ありがとうございます」

私が意識的に笑みを作って挨拶すると、一柳さんは少し垂れた目を下げて、にっこり笑った。

彼はBSCC《ビーエスシーシー》というIT企業を経営している人だ。確か、私より十歳以上年上のはずだけど、くっきり二重のアイドルのような顔立ちのせいで、同年代に見える。

有名人かつお金持ちで人当たりもいいので、彼を狙っている女性も多いらしい。実際、今も何人もの女性がチラチラ見ている。

見られることに慣れている一柳さんはそれを気にすることもなく、そばに寄ってきた。

「匂い立つような美しさだと思ったら、本当にいい香りがするね」

一柳さんはそうささやき、私の耳元に顔を寄せてきたので、一歩後ろに下がる。

彼は愛想がいいんだけど、本心がわからないというか、なんだか、いつも彼を見ると心がザワザワする。

(気軽にパーソナルスペースに踏み込んでくるからかしら？)

もう一歩下がって距離を取り、視線を落とした。

「葉月さんは恥ずかしがり屋だね」

にこやかに言われて、ゾクッとする。

(違うから！)

お父様から一柳さんは婚約者候補だと言われているけど、実はどうしても生理的に受けつけない。

「おぉ、葉月。久しぶりだな」

「お祖父《じい》様！」

声をかけられて、助かったと思い振り返った。お祖父《じい》様はまだ現役で、会長をしている。今年七十になるけれど、かくしゃくとしていて、まだまだ元気に働くぞと常日頃から言っている。

その後ろにお父様と真宮部長もいた。

真宮部長は紺のピンストライプのスーツに薄い青のシャツ、斜めストライプのネクタイがいかにもエグゼクティブという雰囲気を醸《かも》し出しており、理知的な彼に似合っていた。彼もまた女性の注目を浴びていた。

目が合ったので、軽く会釈をする。

彼も目で挨拶してくれた。

「葉月も綺麗になったなぁ。そろそろ結婚してもいい年頃だな」

私をしげしげ見ていたお祖父《じい》様のいきなりの言葉に、微笑みが引き攣《つ》った。

今のところ、婚約者候補は一柳さんしか聞いていない。

（ということは……）

隣では一柳さんが笑みを深めた。

「水鳥川会長、ご無沙汰しております。肇《はじめ》社長はこの間以来ですね」

「あぁ、一柳くん、久しぶりだな。相変わらず、世間を賑わしているな」

「賑わすつもりはないのですが、僕がなにかするとすぐ騒がれちゃうんですよね」

一柳さんはハハッと朗らかに笑った。

彼は大胆な企業戦略と発言でしばしばワイドショーや週刊誌で取り上げられている。女性問題もチラホラ聞く。堅実経営をしていたお祖父《じい》様はあまり一柳さんとは合わないようだけど、お父様とは仲がいいらしい。

「ちょうどいい。紹介しよう。今度うちに来てもらった真宮理人くんだ。とても優秀で、シルバーブレインから引き抜いたばかりでな。葉月の相手にいいかと思っているんだ」

さらりとお祖父《じい》様が言うから、一柳さんは目を剥《む》き、私は目を瞬《またた》いた。今日はお祖父《じい》様に驚かされてばかりだ。

（真宮部長が……？）

「でも、婚約者は僕では⁉」

チラリとお父様の顔を見て、一柳さんはお祖父《じい》様に詰め寄るような素振りを見せた。

「君も婚約者候補ではあるが、真宮くんも候補だ」

お祖父《じい》様はそっけなく返して、私にそのつもりでいるようにと言った。

お父様も真宮部長も黙っていたので、承知しているらしい。

（最初からそういうことだったの？）

真宮部長が親しげだったのも、気を遣ってくれたのも、アシスタントに使ってくれたのも？

なんだかもやもやとした気分になる。

結局、真宮部長も私の立場が目当てだったのかしら。

それでも、逆らうという選択肢はないので、私は「わかりました」とうなずいた。

横から舌打ちするような音が聞こえた気がしたけど、ぼんやりしてしまって、その後の会話は耳に入らなかった。

パーティーが始まった。お祖父様《じい》、お父様の挨拶から来賓《らいひん》の挨拶と続き、私はその側で微笑み続ける。

歓談の時間になると、お祖父様《じい》とお父様のもとには、挨拶の列が続いた。

私は少し離れたところで、時折挨拶してくる人に応えていた。

パーティーも終盤近くなり、真宮部長がやってきた。お皿を二枚持っている。

「どうせお嬢様のことだから、なにも食べてないんじゃないか？　これうまいぞ？」

そう言って、渡されたお皿にはローストビーフが載っていた。

「ありがとうございます」

お礼は言ったものの、先程のことがあるから、素直に顔が見られない。

真宮部長はなんとも思っていないようで、いつもの調子で普通に話し続ける。

「それにしても、毎年こんなに盛大にやっているのか？　金あるなぁ」

「そうですね。もうずっと毎年ここでやっている恒例行事です」

「そんなところのお嬢様やってるのも大変だな」

なにげなく言われて、驚いた。

うらやましがられたり、やっかまれたりすることはあっても、大変だと言われたことはなかったから。

（でも、この人は水鳥川興産の社長になりたいのよね……）

彼の言葉をまともに受け取ることはできないと思った。

「あ、デザートが出てきた。取りに行かないか？　ここのスイーツは美味しいって噂だから、楽しみにしていたんだ」

「真宮部長は甘党なんですか？」

この間の秘蔵のチョコといい、デザートを見て頬を緩める様子といい、信用ならないと思ったばかりなのに、つい可愛らしいと思ってしまう。

「いや、甘いのも辛いのもいける。うまいものが好きなんだ。しかも、無料だ！」

それがこの人の作戦かも、と思うのに、超エリートで高給取りの人とは思えない無邪気な発言に、思わずクスッと笑ってしまった。

真宮部長に連れられて、初めてビュッフェコーナーに行った。

カラフルなマカロンとプチシュー、チョコレートの粒に彩《いろど》られたプレートに、小さなグラスに入っているパフェやゼリー、一口サイズのタルトにミニケーキが載っているプレート。

目にも美味しそうなスイーツの数々に心が躍《おど》る。

私も実はケーキに目がない。

ガトーショコラにショートケーキ、ティラミスにストロベリータルト、キャラメルムース……こんなにあると目移りしてしまう。

人目がなければ、全部制覇したいところだった。

「もしかして、お嬢様も甘党か？　今まで見た中で、一番うれしそうな顔してる」

そう言われて、慌てて表情を整えた。

(そんなにわかりやすかったかしら？)

「どれがいいんだ？　取ってやるぞ？」

「だ、大丈夫です！　自分で取りますから」

部長にそんなことはさせられないと、急いでお皿を取った。

悩んだ末、ミニケーキを四つ取る。

真宮部長はほぼ全種類をお皿に載せていて、ついうらやましげに見てしまう。

「欲しかったら、取ればいいのに。お嬢様は遠慮がちだな。欲しいものは欲しいって言えよ」

そう言われて、もう一つだけケーキをお皿に載せた。

真宮部長はそれをおもしろそうに眺めていたけど、今度はなにも言わなかった。そして、ミニケーキを大きな一口で食べて、満足そうに笑みを浮かべる。

私もつられて、まずショートケーキを口に入れた。繊細なスポンジが、ふわっと軽い生クリームと共に口の中でとろける。そこに苺《いちご》の甘酸っぱさが加わり、絶妙な美味しさだった。

（今までこれを食べ逃していたなんて……）

ケーキのひとつひとつが職人技の冴え渡る上質な味わいで、至福のケーキに舌鼓《したつづみ》を打って、ひととき自分の立場を忘れた。

「ご歓談中ではございますが……」

司会者の言葉に、はっと我に返る。

「私、戻りますね」

お皿をテーブルに置くと、急いで主催者側の場所へ戻った。

◇◆

パーティーが終わり、てっきりいつものようにお父様と一緒に帰るものだと思っていたら、「寄るところがあるからお前はタクシーで帰りなさい」と言われた。

お祖父《じい》様とお父様に挨拶をして、パーティー会場を出たところで、一柳さんに捕まった。

「葉月さん、ちょっとこっちに来てくれる？」

呼ばれて近寄ると、いきなり肩に手を回されて、出口と反対方向に引っ張られる。

そのなれなれしい様子に不快感を覚える。

ひとつ廊下の角を曲がっただけで、人気《ひとけ》のない場所になり、ゾワッとした。

身じろぎをして彼の腕を外し、距離を取ろうとしたら、今度は腕を掴まれ、体を引き寄せられた。

「ちょっと話があるんだ」

「なんですか？　手を離してください。話ならロビーで……」

「内密な話だから」

ニヤリと笑った一柳さんはそう言って、そばの部屋に連れ込もうとした。

内密な話だとしても、こんなふうに強引に誰もいない部屋に連れ込まれるのは嫌だ。

身の危険を感じて、足を踏ん張り、「離してください！　声をあげますよ⁉」と強めの口調で言い、睨《にら》む。それでも、一柳さんは怯《ひる》むことなく嫌な笑みを深めた。

「婚約者なんだからいいだろ？　肇社長も了承済みだよ」

「え……」

そう言われて、力が抜けそうになる。

（お父様が……⁉）

お父様は一柳さんを気に入っているけど、真宮部長を気に入っている様子ではなかった。

むしろ、お祖父《じい》様が推しているから気に入らないのかもしれない。お祖父《じい》様とお父様は表面上にこやかにしていても、しばしば対立しているのを知っている。お祖父《じい》様の推す真宮部長が婚約者に決まったらやりにくいから、こういう強引な手に出たのかもしれない。

実の父親に道具のように使われて、わかってはいたけれど、胸に悲しみが広がる。

「誰か……！」

大声をあげようとしたら、口を塞《ふさ》がれた。首を振ってもその手を外すことはできず、私は必死で抵抗しながら、誰かが通りかかるのを祈った。

ジリジリと部屋の中に引っ張られる。

力の限界を感じてあきらめかけたとき、ふいに後ろから別の誰かの手が腰に回ってきて、グイッと引き戻された。

（もうダメ……）

同時に、その人の手が一柳さんの腕を掴み、私から引き剥《は》がす。

「婚約者だろうとなんだろうと、嫌がる女性に手を出すのは犯罪だ」

最近、聞き馴染《なじ》んできた声が硬く冷たく頭の上から降ってきた。

見上げると、やはり真宮部長だった。

私は彼の胸に守られるように、腕の中に収まっていた。

「お前には関係ないだろ！　僕と彼女の問題だ！」

「彼女は俺の大事な部下だ。それに俺はあんたと同じ婚約者候補だって紹介されただろ？　関係おおありだ」

「でも、僕は肇社長の公認だ！」

頭の中が真っ白になっていた私は、その言葉で混乱から覚めた。

（一柳さんとは絶対イヤッ！）

気がつくと口が動いていた。

「私、決めました！　真宮部長を婚約者にします！　だから、あなたはもう私とは無関係です」

「なっ……。そんなことは勝手に決められないはずだ！」

「お祖父様《じい》にお願いします。今のことを言われたくなかったら、もう私に関わらないでください！」

一柳さんはグッと黙り込んだあと、ギロッと凄まじい視線で私を睨んで、プイッと去っていった。

（よかった……）

その後ろ姿を見て、ほっとして足から崩れ落ちそうになる。

「おっと」

真宮部長が私を抱え直し、へたり込みそうな体を支えてくれた。

彼のシャツに縋った手が震えている。

「大丈夫か？」

真宮部長は落ち着かせるように私の背中をポンポンと叩いてくれ、顔を覗《のぞ》き込んできた。いつもは鋭い眼光が心配そうな色に染められている。

泣きそうな気持ちを抑え、小さくうなずいた。

それでも、真宮部長はしばらくそのままで、髪や背中を撫でてくれていた。

手の震えが治まって、気が鎮まってくると、今の状態がとても恥ずかしくなってくる。

「真宮部長、もう大丈夫です。ありがとうございました」

力が抜けそうになる足をなだめ、そっと身を離すと、頭を下げる。そのまま視線が上げられない。

(勝手なことを言っちゃった。部長はなんて思ったかしら……)

思わず口走ってしまった言葉が、思い切りこの人を巻き込んでしまったことに気づき、うろたえる。

「お嬢様もなにかと大変だな」

労《いたわ》るような眼差しに涙が出そうになる。

でも、これもこの人の思惑通りなのかしら？　そんなことも思ってしまう——

「それで、さっきの話だが……」

「ごめんなさい！　勝手なことを言ってしまって。でも、あの……」

ここで前言を翻《ひるがえ》せば、一柳さんがまた近づいてくる。今度はもっと悪質な手を使ってきそうだから、それは絶対に避けたい。

(真宮部長に、しばらくは婚約者のふりをしてもらわないと！)

そう思い、彼に頼み込もうとしたとき、逆に提案された。

「場所を変えないか？　ここで話す内容でもないだろ？」

「はい。そうですね」

「ここは俺の家が近いんだが、来るか？」

確かに、ホテルのロビーや喫茶店で話す内容ではない。

私は即座にうなずいた。

真宮部長の家は、確かに近くて、タクシーで十分もかからなかった。着いたそこは、都心だけど、落ち着いた界隈の低層マンションだ。

オートロックを解除して、招き入れられる。

彼の部屋は広いものの2DKで、外資系エリートに持つイメージよりシンプルな気がした。全体的に物も少ない。

なんとなく湾岸のタワーマンションに住んでいるイメージだったのに。

でも、いきなり来た割に部屋は片づいていて、彼のきちんとした性格を窺《うかが》わせた。少しだけ彼の香りが漂い、一人暮らしの男の人の部屋に来たと改めて意識して、ドキリとする。

「庶民的で悪いな。タワマンも勧められたけど、あれって少しの風でむちゃくちゃ揺れるし、バカ高いし、俺には合わないって思ってな」

私がそれとなく部屋を見ていると、真宮部長はそう言った。心を読まれたようで驚いた。

（誰に……？）イメージと違うと言われ慣れているのかもしれない。

つい女の人の影を感じてしまって、首を振る。

(私には関係ないわ。でも、今から頼もうとしていることには関係あるかしら?)

なんとしても、真宮部長に婚約者のふりをしてもらわなくては。

そのためにはこの人を説得しなければならない。

緊張している私を横目に、部長は自然な様子でジャケットをハンガーにかけて、ネクタイを取った。

「まぁ、座れよ。麦茶でも飲むか?」

「麦茶?」

「あぁ、俺が好きなんだ。コーヒーもあるがそっちがいいか?」

「麦茶でいいです」

彼はうなずくと、冷蔵庫から瓶《びん》に入った麦茶を出してグラスに注いだ。

ペットボトルかと思ったのに、自分で作っているのかなと思うと微笑ましくなった。

少し肩の力が抜ける。

真宮部長はテーブルにグラスをふたつ置くと、私が座っている二人がけのソファーに座った。

この人と並んで座ることは今までなくて、その近さに心臓が騒いだ。

「それで?」

その近い距離で、彼は私を見る。

私は息を吸い込むと、息を吐く勢いで思い切って言った。

「真宮部長、私と婚約していただけないでしょうか？」

私の言葉に、彼は片眉を上げて、おもしろがるような表情になる。

「まず、部長はやめてくれ。プライベートに仕事を持ち込みたくない」

「すみません。では、真宮さん、お願いします」

「婚約者の割に堅くないか？」

頭を下げてお願いする私に対し、真宮さんはソファーの背に肘をついて、頬杖をついた。

より顔が近くなる。

「じゃあ、引き受けてくれるんですか⁉　……理人さん？」

「んー、俺は候補っていうからとりあえず受けただけで、まだ人生を決めることは考えてないんだけど、お嬢様？」

にやっと笑って、真み……理人さんは言った。

そう言われて、肝心なことを言っていないのに気づく。

「違うんです！　本物の婚約者じゃなくて、仮の……そう、契約の婚約者になってほしくて……」

「契約？」

理人さんはさして驚いた様子もなく、ニヤニヤと言葉を繰り返す。自宅にいるせいか、仕事を離れたせいか、理人さんの態度はいつもよりくだけていて、不遜《ふそん》だ。

「私、一柳さんとは絶対に結婚したくないんです。だから、理人さんに仮の婚約者になってもらって時間を稼いで、本当の結婚相手を探したいと思うんです」

「まぁ、あいつと結婚して幸せになれる気はしないな」

共感が得られて、ほっとする。

気がつくと膝で握っていた手が震えていた。

「それじゃあ……」

「期間は？」

「え、えっと、一年でどうでしょう？」

「婚約者って発表するのか？」

「大々的にはちょっと難しいかもしれません。非公式の婚約者という扱いになると思います。私も相手を探すのに不便になるので」

「俺のメリットは？」

次々と質問されて、あまり細かくは考えていなかった私は口ごもる。

(でも、引き受けてもらわないと！)

追い詰められていた私は柄にもなく、挑むように理人さんに言った。

「私の婚約者という立場を最大限に利用すればいいです。理人さんもなにか目的があって、私の婚約者候補になったんでしょ？」

私の婚約者候補として入社してきた割には、私を口説くでもなく、「仮の婚約者」と言われて困る様子もない。つまり、理人さんは私と本当に結婚したいわけではなさそうだ。そこを押すしかないと思ったのだ。

私の言葉に理人さんはフッと笑った。

「お嬢様は内気なのか大胆なのか、わからないな」

考え込むように私を見て、理人さんは首を傾げる。

「そうだな……確かに、俺も調べたいことがあって水鳥川興産に就職したから、都合はいいかもな」

調べたいこと？

疑問に思ったものの、ひとまず承諾が得られそうで、私は期待を込めて理人さんを見つめる。

でも、彼は意地悪そうな表情を浮かべて、さらに質問してきた。

「婚約となると、その間、女遊びもできないなぁ。あんたが相手してくれるのか？」

思いもよらない質問に息を呑んだ。

（女遊び……。それって、体を要求しているの？）

有能な上司と思っていた人から出た言葉とは思えない。

それとも、いつものようにからかわれているの？

どちらにしても、私の結婚は政略結婚にしかならない。どうせ愛のない人とそういうことをするのだから、初めては、少しでも嫌じゃない人がいい。

そう思い、私はうなずいた。

「お望みなら」

そんな答えが返ってくるとは思わなかったみたいで、理人さんは目を丸くした。常に余裕そうな彼の表情を崩したことで、ちょっと胸がすく。

「意外と度胸あるよな、お嬢様？」

理人さんはそう言って、黙考した。その後、すっと視線を上げ、私の目を見つめた。

「よし、契約成立だ。その証に抱かせろよ、お嬢様？」

彼はその整った顔をニッと崩して笑い、私の唇を奪った。

その流れるような動作に、私は身動きひとつできなかった。そんなふうに笑うとまるでイタズラっ子のようで完璧な上司の地が見える。それはただ魅惑的な男の顔——

彼の少し冷たい唇は、もう一度戻ってきて、私の思考を攫う。

やわらかいそれが、私の唇を挟むように動いたかと思うと、にゅるりと熱い舌が入ってきた。

キスしたのも初めてなのに、どうしていいのかわからず、私は固まった。

私の反応に構わず、彼の舌は好き勝手に私の口の中を探り、上顎をくすぐるように擦った。

ずくん、と感じたことのない感覚が生まれて、私は喘ぐ。

縋るように彼の腕を掴んでしまった。

少し顔を離した理人さんは湿った唇を指で拭って、私を見下ろす。

切れ長で鋭い目が検分するように私を見た。

間近で見た彼の目は、長くまっすぐ生えた睫毛が輪郭を濃く縁取っていて、いつものクマがある。

それでも、魅力的なその顔は、彼が通るだけで女性がざわめくほどで、彼と結婚したいという女の人なんて星の数ほどいそう——

(それなのに、なぜ私の契約を受けてくれたのかしら?)

そんな私の疑問も、理人さんが耳もとに唇を寄せてからは、まともに考えられなくなった。

「葉月……」

ささやく声に、初めて名前を呼ばれた。

トクンと心臓が跳ねる。

首筋にキスしながら、私の後頭部に手を這《は》わせた彼は、髪をまとめているピンの存在に気づいて、ひとつひとつ外していった。

その手つきは丁寧で、パサリパサリと髪が流れるように落ちてくる。

全部ピンが外れると、理人さんは唇を離して、私を見た。

私の髪を手で梳《す》くように広げ、髪が手から流れ落ちていく様子を楽しんでいる。

「綺麗な髪だな」

そうつぶやかれて、胸がキュッとなる。

（そんなリップサービスいらないのに……）

手を引かれ、スマートに寝室に誘導され、ベッドに押し倒された。

私の真上にシャープな彼の顔が見える。

ちょっと長めの前髪が垂れて、私にかかりそうな距離。

「葉月……」

色気の滴《したた》る声で、もう一度、名前を呼ばれた。

なぜだか鼓動が乱れた。

耳に口づけられ、耳殻《じかく》を食《は》まれて、首を竦《すく》める。その首もとにも舌を這わされる。

「ん、やぁっ」

くすぐったいような逃げ出したいような感覚に、自然に鼻にかかったような甘ったるい声が洩れる。

それが合図のように、彼の手まで動き出し、私の体の線を撫でた。その手つきは優しく、大事なものに触れるようで、そんなふうにされると、私の体になにか価値があるかのように思えてくる。

（心がないなら、乱暴にしてくれてもいいのに）

かえって切なくなって、心の中で文句をつけた。

理人さんは何度も首もとに口づけていたかと思ったら、ふいにそこに顔を埋《うず》めて、「くっ、くくっ、あはは」と笑い出した。

呆気にとられた私は、彼の震える背中を見つめることしかできない。

ひとしきり笑った後、理人さんは顔を上げて、至近距離から私を見た。

強い眼差しが私を射抜く。

「お嬢様の覚悟を知りたかっただけなのに、全然止めないんだな」

「えっ？」

「止めないどころか、あまりに色っぽい顔をするから、その気になっちまったじゃないか。責任取れよ、葉月。俺は据え膳は食うたちだ」

そう言うと、彼は噛みつくようなキスをした。

先ほどよりも乱暴に口の中を探られ、深く舌を絡められる。そうしながら、理人さんは私のドレスを脱がせ、器用に自分の服も脱いでいく。

そういえば、ずっと服を着たままだった。

(どういうこと？　本当はする気がなかったってこと？　どこかで止めればよかったの？　どこで？　キスされたところで？　寝室に連れてこられたとき？)

混乱のまま、疑問でいっぱいのまま、口を吸われ、ブラを外され、ショーツを脱がされる。

そして、結局、もう手遅れで、この人を本気にさせてしまったことに気がついた。


全身を理人さんの手が甘く淫《みだ》らに這い回る。

私に触れる手つきは優しく、でも、誰も触れたことのないところを次々と暴き、官能を覚えさせる。恋人でもない人に触れられているのに、なぜだか嫌ではない。

私は体を揺らし、くねらせて、与えられる快感にただ耐えた。

「ん、はあ……、あっ、んんっ……」

頭がパンクしそうで、唯一触られていないところが濡れているのを感じた。

(恥ずかしくてどうにかなりそう……)

でも、全身が熱くて熱くて、その熱を冷ましてほしくもなる。

ふいに手を止めた理人さんは、そんな私を見下ろした。

欲望にギラつく瞳に射すくめられる。

ひくりと蜜を垂らしているところが震えた。

そこを指で擦られる。

「ああんっ」

待ち望んでいた刺激に声をあげた。

私を見つめたまま、理人さんは唇の端を上げて、指を上下に動かす。ぬるぬるになっている割れ目の間を何度も辿《たど》るように動かされると、あられもない声が洩れ、耐えきれず首を振った。

恥ずかしいのに、腰は浮き、彼の手に秘部を押しつけるようにしてしまう。

指が滑って、一番上の尖りに触れると、ビリッと電流が走ったような快感に、体が跳《は》ねた。

「あっ、や、だめ……、やんっ、あ、あ、ああっ……」

今度はそこを集中的に攻められて、その手から逃れようと、身をよじる。でも、理人さんは許してくれなくて、さらに、乳首を食《は》み、吸い上げた。

「あ、ああ――ーッ」

なにかが弾《はじ》けて、真っ白になった。

いつの間にか反っていた背中が脱力して、ベッドにパタンと落ちた。全力疾走した後のように心臓が早鐘を打っている。そんな私をなだめるように、こめかみに、頬に、唇にキスを落とすと、理人さんは指を私の中に入れてきた。

「……っぅ！」

引き攣れるような痛みに思わず呻《うめ》くと、理人さんは目を見張った。慌てて指を抜く。

「ちょっと待て。お前、処女なのか？」

「……はい」

この歳で処女なのを咎《とが》められているようで、私は目を逸らした。

理人さんは額《ひたい》に手を当てて、つぶやいた。

「そうか、箱入りのお嬢様だったな……」

後悔しているような理人さんの様子に、ここで止められてしまうと、契約を破棄されてしまいそうで、そして、なぜだか彼にもっと触れられたいとも思ってしまって——私は縋るように言った。

「大丈夫です。気にしないで、進めてください！」

「気にするに決まってるだろ！　処女は抱かない主義なんだ。お前もこんなところで大事なものを捨てるなよ」

「でも、契約が……」

困って目を伏せると、私が気にしていることを察して、理人さんはニヤッと笑った。

「しょうがないな。これで我慢してやるよ」

私は体をひっくり返されて、よつん這いにさせられた。

脚の間に、硬く熱く太いものが入ってくる。

（これって……）

その正体に気づき、顔が熱くなる。それも理人さんが腰を動かし始めると、それに構っている場合ではなくなった。

割れ目の間を彼のもので擦られると、とんでもない快感が生まれて、その奥がキュンキュンする。

「気持ちいいか？」

耳もとで低い声でささやかれる。その吐息にも反応して、腰が跳ねる。

なぜだか胸が高鳴る。

背中にぴったり合わさった彼の肌を心地よく感じてしまい、自分を疑う。

（どうして？）

考えようとするけれど、耳をかじられ、胸を捏《こ》ねられ、とても思考できない。

「ああッ、あ、あん！　はっ、はぁ、やんっ……」

私の嬌声《きょうせい》に、ふっと笑い、理人さんは動きを速めていった。

激しく揺さぶられて、またどうしようもない熱が溜まってくる。その快感に耐えきれず、手の力が抜けて、顔を伏してしまう。

理人さんにお尻を突き出した姿勢でさらに攻められ、猫が伸びをするように背を反らして、私は達した。

そこに何度か体を打ちつけ、私を抱きしめながら、理人さんが止まった。脚の間のものがビクビクとうごめくのを感じた。

「はぁ……」

色っぽい息をつきながら、理人さんが身を起こした。脚の間から彼のものが抜かれた。支えきれず、ペタンとお尻を落として、私は快感に震える体を持て余した。

彼はゴムの処理をすると、ティッシュで私の秘部の愛液を拭き取る。

「じ、自分でします！」

飛び起きてそう言ったのに、彼は私の脚を持ち、楽しそうに念入りに、内腿《うちもも》を伝《つた》っていた愛液まで拭き取ってくれた。

私は恥ずかしさで顔が爆発するかと思った。

「体は大丈夫か？」

ごろんと私の横に寝転んで、理人さんが私を抱き寄せ、顔を覗き込んできた。その甘いしぐさに経験値のない私はどうしてもときめいてしまう。

「だ、大丈夫です」

恥ずかしくてうつむくと、理人さんは私の体を撫で、つぶやいた。

「葉月の体は綺麗だな。触り心地もよくて」

お世辞だとわかっているのに、うれしくなってしまう。私の息が治まるまで、理人さんはまるで楽しむかのように、私の体を撫でていた。


「シャワー浴びるか？」

そう聞かれて、すごく浴びたかったけど、ここからいち早く逃げ出したい思いの方が強くて、私は首を振る。

「いいえ、このまま帰ります！」

それなのに、引き止めるように抱きこまれた。

「送っていくのが面倒だから、泊まっていけよ」

「ひとりで帰れます！」

「婚約者になるんだろ？　朝帰りのひとつやふたつしとかないと」

そう言われて、反論できない。

「明日、なにか用事があるのか？」

明日は土曜日だから、特に予定もない。

「……ないです」

「じゃあ、問題ないじゃないか。シャワー浴びてこいよ。洗面所の棚にたぶん、誰かが置いてった化粧落としとかなんかがあるはずだ」

さらりとそんなことを言う理人さんに、聞いておかないといけないことを思い出した。

「理人さん、今交際している人は……」

「いないよ。いたら、こんなこと引き受けない。今までも、後腐《あとくさ》れない関係だから、安心しろ」

さわやかに微笑む彼に、安心するべきか、後腐れない関係とは？　と突っ込むべきか迷ったけど、私は下着を拾い上げて、教えてもらった浴室に逃げ出した。


浴室で私は困惑していた。問題は下着だった。

引っ掴んできたショーツはぐっしょり濡れていて、お風呂上がりにこのまま履くのは躊躇《ためら》われた。

（洗いたいけど、干して乾かす間、どうすればいいのかしら……？）

理人さんの部屋に自分の下着が干してある絵を思い浮かべて、ないないと首を振った。

「化粧落としあったか？」

「きゃあ！　ノックもなしに入ってこないでください！」

いきなりドアが開いて、私は手にショーツを持ったまま飛び上がった。

驚いた私に驚いたらしい理人さんだったけど、私の手の中のものを見て、ニヤッとした。

「そのままじゃ使えないだろう。洗ってやるよ」

私の手からショーツを奪い、横にあった洗濯機に放り込む。理人さんはついでにと、カゴに入っていた自分の服も入れ、落ちていた私のブラも拾い、洗濯機に入れた。

「あ、あの……」

手で胸や下半身を隠しながら、理人さんに話しかける。

「着るものをなにか貸していただけませんか？」

「あぁ、それでこれを持ってきたんだ。とりあえず、着られるかと思って」

理人さんが差し出してくれたのは、Tシャツと紐付きの短パン。もちろん、彼のサイズだから大きいけど、紐を締めれば履けそうだ。

「ありがとうございます」

ありがたく受け取って、今度はそれで体を隠す。

そんな私を見て、理人さんは開けっぴろげに笑った。

「可愛いな、その反応。さんざん見たあとなのにな」

おもしろがる彼を睨んでいると、ふいに顎《あご》をグイッと掴まれて、チュッとキスをされた。

「～～～っ！」

私が顔を沸騰させている間に、理人さんは「早く入らないと風邪引くぞ？」と出ていこうとした。

「あ、棚を開けていいですか？」

「なんでも勝手にしたらいい。タオルは下の棚にある」

慌てて聞いた私に、そう答えて、彼は去っていった。

(女たらしっ！)

生まれて初めて、そんな言葉が思い浮かんだ。


シャワーを浴びてスッキリして、ダイニングに行ったら、理人さんがまた麦茶を差し出してくれた。

喉がカラカラだったので助かる。一気に飲んでしまうと、おかわりを注《つ》いでくれた。

「俺もシャワーを浴びてくる。好きにしていてくれ。先に寝ていてもいい」

気軽に言って、彼は私と交代で浴室に行った。

部屋に他人がいるのに慣れている様子で余裕のない私とは大違いだ。

(そりゃあ、彼に誘われたら、いくらでも来る女性はいるわよね)

自分もそのひとりだと思うと、なんだかモヤモヤした。

ソファーに脚を丸めて座って、ぼんやりする。

パーティーに来る前は、こんなことになるとは思っていなかった。

そして、仕事ができる男、理想的な上司という真宮部長のイメージもガラガラと崩れた。

――女慣れした大人の男。気さくで可愛らしいところも……ううん、なにかで私を利用しようとしているズルい男。そして、なによりエッチだ。

先ほどの行為を思い出して、私は思わず顔を手で覆った。

(これから時々あんなことをされるのかしら？)

契約の条件だから、仕方ないけど、なんてことに同意しちゃったんだろう……

不思議なのは自分が本気で嫌がっていないこと。だって、誰かに抱きしめられるのが、あんなに心地よいとは思わなかった。理人さんの優しい手つきが、心にまで忍び込んできそうで怖い。

(困るわ。理人さんとはかりそめの関係なのに)

彼は、なにかの目的のために、私の立場を利用するつもりだ。

私は、一柳さんと距離を置くために、理人さんに盾になってもらうだけ。

ただ、それだけの関係なのだ。

(早く別の結婚相手を見つけたらいいんだわ！　そうしたら、この契約を解除して、そして――結局、誰か違う人に抱かれるのね……。子どもができるまで)

私は溜め息をついた。

膝を抱え直して、その上に顔を伏せる。

(私の人生になんの価値があるのかしら？　社長令嬢以外の価値が……)

幼い頃から言い聞かされてきた。

「お前は良い婿養子を取り、世継ぎを産むためだけの存在だ」と。

母も同じだったようで、私を見ては、「あなたが男だったらよかったのにね」と溜め息をついた。

成長してからは、「子どもを産んだら、あとは好き勝手できるんだから、あなたも早く結婚するのがいいわ」と言って、それを実践するように、母は趣味のお茶のお稽古や観劇に励んでいた。

でも、私は母のようにはなれない。

趣味だって、読書や絵画鑑賞、たまにピアノを弾くぐらいしかないし、人生を楽しむ術を知らない。

なにより本当は、旦那様になる人と、心を通わせたいと思っていた。

政略結婚だって、それは可能よね？

でも、一年で見つかるかしら？

ううん、見つけなきゃ！

そんなことを考えていると、不意に顎に手をかけられ、顔を上向かされた。

目の前に端整な理人さんの顔がある。

「またうつむいてるのかよ、葉月？」

そう言って、彼は私を見つめた。

今日はモニターを見る時間が少なかったからか、目のクマはいつもよりマシだった。その代わり、湿った前髪が額《ひたい》に下りていて、無防備な姿がやけに色っぽく、目を逸らせない。

「仮にも俺の婚約者なんだから、気軽にうつむくな」

理人さんは暗示をかけるように、一瞬、私にいつもの強い眼差しを投げた後、私が答える間もなく、指ですっと頬を撫でると手を離した。

髪の毛をタオルでガシガシ拭きながら離れていき、テーブルの上のスマホを取り、見ている。

(株価でもチェックしているのかしら)

なんとなく目でその姿を追ってしまう。

理人さんのように自信に溢れた人からしたら、私を不甲斐なく感じるのかもしれない。

確かに、彼の隣には自立した大人の女性が似合う。

分不相応な望みを持ってしまったのかもしれないと、視線が落ちた。

「なんだ、言ったそばからうつむいてるのか？」

目をあげると、振り向いた理人さんがこっちを見ていた。

「お前はよくやってるよ、葉月。少なくとも、今ここにいる時点で度胸満点だ。自信を持て」

ニッと笑ったその顔を呆然と見つめる。

（よくやっている……）

誰にも言われたことのない言葉だった。

（なんでそんなこと言うの？）

上司が部下を褒めるよう。

自信のない部下に発破をかけるマネジメント術。

きっとそうだわ。

なぜだか泣きたい気分になって、目を逸らした。

「寝るぞ」

そんな私に構わず、理人さんは私の手を取ると引っぱって立たせ、当然のように寝室に連れていく。

（い、一緒に寝るってこと？）

「わ、私はソファーでも……」

「バーカ。どこに婚約者をソファーで寝かせるやつがいるんだよ。しかも、お前みたいなお嬢様を」

理人さんの中では、「一緒に寝る」の一択らしい。

先ほどまでいたベッドのシーツはぐしゃぐしゃに皺《しわ》が寄っていて、行為の跡が生々しく、私は直視できなかった。

それを気にもせず、理人さんはそこに転がった。同時に、手を引っぱられ、彼の上に覆いかぶさるように倒れてしまう。

私を抱きとめると、理人さんは「積極的だな、葉月？」と笑って、私を布団で包んだ。

「ちがっ……」

身じろぎして彼の腕を抜け出ようとするけれど、離してくれない。それどころか、ギュッと抱きしめ、不埒《ふらち》なことをつぶやく。

「俺、女のやわらかい体、好きなんだよなー。着せなければよかった」

その言葉のとおり、理人さんは私の体を味わうように手を這わせてきたかと思ったら、Tシャツの裾から手を侵入させてきた。直接、背中を撫でられる。

「んっ……」

ゾクッとして、息が洩れる。それが自分ながらやけに甘くて、恥ずかしくなる。

さらに、反対側の手は短パンの中に忍び込んできて、お尻を撫でた。

下着をつけていないので、理人さんの温かい手の感触が直に伝わって、ビクンと身を震わせてしまう。

「り、理人さん！」

焦って、止めさせようとするのに、理人さんは「あー、これはこれでエロくていいな」

と笑った。

理人さんはさわさわと私の体を撫でていたと思ったら、信じられないことに寝息を立て始めた。

（うそ！　寝ちゃったの⁉　こんな体勢で？）

彼の手の片方は背中に回され、もう片方は私のお尻を掴んでいる。

両手でがっちりホールドされ、動きたくても動けない。

しばらくジタバタしてから、あきらめた。

子ども時代を含めても、誰かと一緒に寝るというのは初めてだ。

ドキドキ、ドキドキと騒ぐ心臓が落ち着いてくると、とくんとくんという規則正しい心音に気づいた。

理人さんの鼓動だ。

温かい体温に包まれて、しだいに瞼が重くなっていき、気がつけば、私も眠りに落ちていた。

◇◆

翌朝、目が覚めると、見知らぬ場所にいて、一瞬戸惑った。

青系のファブリックで統一されたシンプルな部屋。

開かれたカーテンからはまぶしい朝の光が差し込んでいた。

(そうだ、ここは理人さんの部屋だわ)

昨夜のことを思い出して、か—っと顔が熱くなった。

怒涛《どとう》の展開すぎて、自分の取った行動が正しかったのかどうか、わからなくなる。

それでも、一柳さんのことを思い出すだけで、ゾワッと鳥肌が立つくらいなので、最善だったと信じたい。

(それに、理人さんなら、たとえ仮の婚約者であっても守ってくれそう)

頼れる上司の印象、そして、一柳さんから助けてくれた時の腕の温かさに、そんな期待をしてしまう。

(でも、あんなにエッチな人なのよ?)

イメージが崩れまくったことも思い出して、やっぱり自分の感覚に自信がなくなる。

気がつくと、彼の手の感触を思い返していた。

私の体に優しく淫らに触れる手つき。熱い眼差し。密着する彼の肌……。

体が甘く疼《うず》いた。

(違う、違う!)

それを追い払うように、ブンブン首を振った。

しばらくひとり悶えてから、ふと時計を見る。

「九時過ぎてる！」

ずいぶんのんびり寝てしまったと、慌ててベッドを下り、ダイニングへ顔を出した。

理人さんは、テーブルでノートパソコンに向かって、作業をしていた。

紺に水色の差し色が入ったTシャツにオフホワイトのチノパンが、カジュアルだけど洗練されたオシャレさを感じる。

部屋も青系だし、青が好きなのかもしれない。

捲った袖から見える男らしい筋ばった腕、キーボードを打つ繊細な長い指に、妙に色気を感じてしまった。

私の気配に気づいて、彼は振り返ると、くすっと笑った。

「おはよう、葉月。ずいぶん無防備に寝ていたな」

まさにその通りで、他人の家で熟睡するなんて、意外と私も神経が図太い。自分に呆れながら頭を下げた。

「おはようございます。寝坊して、すみません」

「いや？　別に急ぐ用事もないし。それより、飯を食べるか？」

「ご飯ですか？」

「俺は朝にしっかり食べる派なんだ。用意してやるから、顔でも洗ってこいよ」

そう言われて、寝起きのままなのに気づく。

（本当に無作法すぎるわ！）

すみませんと謝って、私は洗面所に急いだ。

その後から声が追いかけてくる。

「洗濯物も乾いているはずだ」

（下着！）

洗面所の洗濯機を覗くと、乾燥機のせいか、ほかほか温かい下着が見つかった。理人さんの下着まで一緒に出てきて、焦って戻した。

（一人暮らしだと、こういう家事を自分でやるのよね。お風呂だって、自分で洗って）

誰かの部屋にお邪魔したことさえなかった私は、コンパクトに物が配置された水回りが物珍しく、しげしげと眺めた。

（考えたら、私って、洗濯も掃除もしたことがない。料理だって学校の授業でやったことしか……）

そこで、理人さんが朝食を用意してくれているのを思い出し、急いで顔を洗い、誰のものかわからない基礎化粧品を使って身だしなみを整えると、ダイニングへ戻った。

テーブルの上には、炊きたてのご飯にお味噌汁、卵焼き、焼き魚、ほうれん草のみそれ和《あ》え。そこに漬物も添えてある。お皿や器も量産品ではないこだわりのものを使っているみたいで、まるで旅館の朝食みたいと、目を見張った。

しかも、食べずに私が起きるのを待っていてくれたんだと思うと、心が温かくなる。

「これ、理人さんが……？」

「たいしたもんじゃない」

「でも、旅館の朝食みたいです」

思ったままを口にすると、理人さんは少し照れたように言った。

「うまいものが好きだって言ったろ？　大学時代は金がなくて、でも、下手に舌は肥えていたからさ、いかに安く美味しく飯を作るかに燃えてな。今は家庭料理なら、大概《たいがい》作れる」

「すごいです！」

尊敬の眼差しで彼を見てしまう。

（それに引き換え、私はなんにもできない。ひとりで暮らすなんて、とてもできない）

うつむき加減になった私の顎を持ち、理人さんが強い眼差しを向けた。

「こら、また無駄に落ち込んでるんだろ。なんで葉月はできないことを数えるかなぁ。どうせ自分はやったことがないとか思っているんだろ？」

図星でなにも言えない。私は彼の意志的なくっきりとした瞳を見つめた。

「やったことがないなら、やってみればいい。それがやりたいことならな。できなければ、できるように努力すればいいだけの話だ。それは得意だろ？」

「やってみれば……努力……」

なんの能力もない私には努力することしかできない。だから、しないといけないことは努力してきた。そういう意味では、努力は得意なのかしら？

出逢ってから、まだ一ヶ月しか経っていない理人さんにそう言われて、不思議な気分になる。

「まぁ、どちらにしても、お嬢様をやっていたら、家事なんてする必要ないだろ。そんなことでいちいちうつむくな」

チュッとついでのようにキスをして、「食べよう」と彼は席についた。

気軽にそんなことしないでほしい。

一瞬で熱くなった頬を押さえ、私も椅子に座った。

「美味しい！」

お味噌汁を一口啜《すす》って、私は思わず声をあげた。

「お嬢様のお口に合って、よかった。それは魔法の出汁《だし》を使っているからな」

「魔法の出汁《だし》？」

「いろんなものを試して行き着いた究極の出汁《だし》だ。それを入れたらなんでも美味くなる」

美味しくて当然、と得意げに語る理人さんは、少し子どもっぽくて可愛らしい。

「卵焼きにも入れているから食べてみてくれ」

期待の眼差しを受けつつ、卵焼きに箸を伸ばす。

理人さんの卵焼きは、出汁《だし》の味の中にほんのり甘みがあって、とても美味しかった。今まで食べた中で一番かもしれない。

「この味好きです。深みがあって」

「そうだろ？　昆布や煮干し、鰹節で出汁《だし》を取るところからいろいろ試したんだが、結局ここの出汁《だし》を使うのが一番美味いという結論になってな……」

理人さんの試行錯誤の話が微笑ましい。

凝《こ》り性のようで、やるとなると徹底的にやるらしい。

そんな感じで穏やかに話しながら、美味しい朝食をいただいた。誰かと一緒に食事をするのも久しぶりだった。

食事が終わると、私は後片づけを申し出た。

私だって、会社でティーカップを洗ったことぐらいはある。

じゃあ、俺は拭くよとすんなり立ち上がる理人さん。

さりげなく手伝ってくれる彼はやっぱり素敵な人だわと思った。

片づけが済むと、いつの間にか理人さんがお茶を淹《い》れていて、ソファーに移って、それをいただく。

日本茶の芳《こう》ばしい香りが鼻をくすぐり、青くほのかに甘い上品な味が、良い茶葉を使っているのを窺《うかが》わせる。そして、淹《い》れ方もたぶん上手なのだろう。

目を細めると、理人さんがうれしそうに笑った。

「さすがお嬢様は茶の味がわかるか？」

「はい。濃厚な旨味があって、とても美味しいです」

「それがわかるやつがなかなかいないんだよなー」

理人さんのこだわりポイントだったらしい。

そこは今までの食環境に感謝しないといけない。お茶ひとつとっても、初めてペットボトルのお茶や職場のお茶を飲んだとき、びっくりしたものだった。もちろん、飲めないことはないけれど、あまりの味の違いに、別物だと思った。

「葉月は美味いものの味を知っているから、その気になれば料理だって作れるさ」

そうやって、理人さんは私を励ましてくれる。

（やっぱりできる上司ね）

隣に座って、肩の触れ合う距離でこんなにリラックスしている自分が不思議だった。

それも理人さんの作戦なのかもしれない。

人は物理的距離が近いと心理的にも密接になりやすい。

昨日から極端に近づいて、私はこの人との距離感がおかしくなっている。

自分を戒《いまし》めるようにそう考えた。

(この人は親切心だけで動いているのではない……)

心にそう刻んだ。

「それはそうと、俺たちの婚約のことだが、やるなら早く動いた方がいい。一柳が変なことをしかけてこないうちに」

ふいにそう言い出した理人さんの真意を窺うように、彼を見上げる。

「一柳さんが?」

「あぁ。あの手のやつは、自分の思い通りに事が進まないと大暴れするからな。社長と組まれると面倒くさいことになるとしか思えない」

「そうですね。祖父にお願いしてみます。婚約のこと」

「それがいい」

理人さんに促されて、早速、お祖父様《じい》に電話する。

ツーコールですぐ繋がった。

「おはようございます、お祖父様《じい》。葉月です。今よろしいですか?」

『おぉ、葉月か。電話をかけてくるなんて、めずらしいな。なんだ？』

「あの……」

いきなり電話で言うことかと躊躇《ためら》いが生じて、言い淀んだ。

そんな私の髪を理人さんがすっと撫でた。

励ますように促すように。

(急かすのは、やっぱり婚約者という立場が都合がいいからかしら？)

疑う気持ちもあったけれど、言葉がするっと出ていった。

「真宮理人さんを婚約者にしたいんです」

私がそう言うと、お祖父《じい》様はおかしそうに笑った。

『昨日、候補として紹介したばかりなのに、ずいぶんと性急なことだな、葉月』

「でも、彼とは一ヶ月前から共に働いていて、人となりはわかっています」

『惚れたのか？』

「そんな……」

そんなことはないと否定しかけたけど、婚約者にしたいと言っておいて、それはおかしいかと思い直す。かと言って、本人の前で迂闊《うかつ》な言葉は使いたくない。

私は曖昧な言葉で誤魔化した。

「……そのようなものです」

『なるほど、真宮くんはやり手だな』

「えっ？」

『いや、独り言だ。葉月が意思表明するのは珍しいな』

「自分の結婚相手になる人ですもの」

『そりゃそうか。沙耶香《さやか》はなんにもこだわらなかったが、それが普通か』

お母様は本当に誰でもよかったのかしら？

子どもの頃から、お父様とお母様の夫婦仲は口もきかないほど冷え切っていた。というより、むしろ二人ともお互いに干渉したくないようで、それは子どもである私に対しても同じだった。

家で食事を共にすることもなく、家族とはなにかが、私にはわからない。

そんな私の思考をお祖父《じい》様の言葉が突き破った。

『では、一度一緒に来なさい。そうだな……今日の午後がちょうど空いている』

「今日ですか⁉」

秘書に確認している声の後、そんなことを言われて、急すぎる話に驚く。

思わず隣の理人さんを見上げると、話の内容を察したらしい彼はおもしろそうにうなずいて、「何時だ？」とささやいた。

「何時がよろしいでしょうか？」

『一時はどうだ？　遅めのランチにするか？』

「一時ですか」

理人さんがうなずいたので、「わかりました」と返事した。

場所は秘書に連絡させると言って、お祖父《じい》様は電話を切った。

「ごめんなさい、理人さん。祖父が一緒にランチを取ろうって」

「そんな感じだと思った。話が早いじゃないか」

嫌がりもせず、理人さんはにやりとした。

彼はやっぱりこの話を進めたがっているのかしら？

それとも、本当に一柳さん対策と思ってくれているのかしら？

彼の本当の目的がわからないから、判断がつかない。

ただ、私としては渡りに舟だと思う。

「それじゃあ、一旦、葉月の家に寄ってから行くか」

「あ、はい。よろしくお願いします」

「堅いな。惚れたから、俺を婚約者にしたいと言うんじゃないのか？」

「惚れたって……」

お祖父《じい》様と同じようなことを言われて、顔が熱くなる。

そんな私を冷静で強い瞳が見やる。

「その方が婚約を解消するときに都合がいいだろ？　他に好きな男ができたって。単純だ」

もっともなことを言われて、スーッと熱が引く。

（そうだった。この人はかりそめの婚約者。一年……ううん、私が納得できる人を見つけるまでの関係にすぎない）

だからこそ、理人さんも受けてくれたのだ。本当に婚約するわけではない。

強引に距離を詰められて、つい勘違いしそうになっていた。

「そうですね。そう言って、お祖父《じい》様を説得します」

まずはお祖父《じい》様を味方につけなくては、お父様に対抗できない。

私は神妙にうなずいた。

「水鳥川会長は葉月に甘いのか？」

「どうでしょう？　実はそんなにやり取りはなくて……。父や母に対するより、当たりがマイルドというくらいでしょうか」

お祖父《じい》様とお父様はうまくいっていないみたいだし、お母様は無関心を決め込んでいて、まともにお話しされているのを見たことがない。だから当然、お祖父《じい》様と接する機会というのも限られていた。

ちなみに、穏やかだったと聞くお祖母《ばあ》様は、お母様が学生の頃に亡くなっていた。お祖母《ばあ》様がご存命だったら、もう少し和やかな関係を築けたのかもしれないと思う。

「そうか。それなら、もうひと押し必要かもしれないな」

そう言って、なぜか理人さんは私を抱き寄せた。こめかみに口づけられ、肩を撫でられ、戸惑う。

疑問に思って、顔を上げると、キスが下りてきた。

「！」

驚く私に、彼は鋭い目もとを緩ませて、「偽装工作だ。俺たちは熱愛中だろ？」とささやいた。

彼の思惑通り、きっと顔が赤くなっているのだろう。

仕上げというようにもう一度、チュッと軽いキスをすると、理人さんは私を解放した。

「着替えて、出よう」

「は、はい」

私たちはそれぞれ着替えて、理人さんの車に乗り込んだ。

うちへ向かう車の中、昨夜からスマホを見ていないのに気づき、チェックすると、執事の真柴《ましば》さんから連絡が入っていた。

『旦那様から明日のご朝食は不要とお聞きしておりますが、ご昼食はどうされますか？』

図らずも朝食は必要なくなってしまったけれど、それを見て、暗澹《あんたん》たる気持ちになった。

一柳さんが言っていた「肇社長も了承済みだよ」という言葉が証明されてしまった。

昼もいらないと書き、ついでに、今から帰って着替えてすぐ出かけるので、フォーマルなワンピースの用意と、客人をもてなす準備をしてほしいと返した。

ばったり出くわさない限り、お父様は私がいてもいなくても気がつかないだろう。


「あ、そこで一旦停まってもらえますか？」

家の門の前で車を停めてもらったら、守衛さんが寄ってきて、私を確認して門を開けてくれた。

「右手奥がお客様専用の駐車場になります」

「さすが水鳥川邸は豪勢だな」

そんな感想を洩らしつつ、理人さんは車を停めた。

「ありがとうございます。では、こちらに」

「俺はここで待っていてもいいぞ？」

「そういうわけにはいきません。どうぞ」

理人さんを連れて玄関に入ると、真柴さんが出迎えてくれた。

「いらっしゃいませ、お客様。執事の真柴と申します。おかえりなさいませ、お嬢様」

真柴さんは綺麗なお辞儀をして、挨拶した。

考えてみたら、私は昨日のドレス姿のままで、男連れで朝帰りという様相よね？　だから、理人さんは気を遣ってくれたのかしら？

だけど、真柴さんは普段通りにこやかに客間に通してくれた。

「すみません。ここでしばらくお待ちいただけますか？　着替えてきます」

「あぁ、まだ時間があるから、焦らなくていい」

「ありがとうございます」

理人さんをそこに残して、私は自室へと向かった。

真柴さんからちゃんと連絡が行っていたようで、水色のフォーマルなワンピースやそれに合うアクセサリーが用意されていた。

お祖父様《じい》から指定されたお店はフレンチレストランだったので、ちょうどいい具合だ。

理人さんも濃いグレイのスーツに白いシャツ、青紫にドットの入ったネクタイが似合っていて、素敵だった。

着替えて、化粧をしてもらう。

時間もないので、今日は髪を下ろしたままにした。

客間に戻ると、理人さんは紅茶を飲みながらスマホをチェックしていた。

長い脚を組んで画面を見ているだけなのに、絵になる姿だと思う。

（こんな人が、私なんかと契約の婚約をしてまで調べたいことってなんだろう？）

聞きたいような聞きたくないような気持ちになった。

「お待たせしました」

声をかけたら、理人さんは顔を上げて、「絵に描いたようなお嬢様スタイルだな」と笑った。

再び、理人さんの車に乗り込んだ私たちはフレンチレストランに向かう。

何度か行ったことのあるところだ。

中に入ると、お店の人が私の顔を覚えていたみたいで、「いらっしゃいませ、水鳥川様。お祖父《じい》様がお待ちでございます」とすぐ個室に通された。

急に緊張し始めた私を励ますように、肩に手が置かれた。

「お祖父《じい》様、こんにちは。時間を取っていただいて、ありがとうございます」

「おぉ、葉月、真宮くん。急に呼び出して、悪かったな。しかも、二時半にはここを出ないといけないんだ」

「いいえ、お忙しい水鳥川会長にこうしてお会いできるだけで光栄です」

理人さんはよそいきの顔で微笑んだ。

お祖父《じい》様も私たちを交互に見て、穏やかに笑った。

「まさか、昨日の今日でこんなふうに顔を合わせることになるとはな。まぁ、その話は後にして、食事を始めようか。シェフのおすすめにしてある。真宮くんは食べられないものはないか？」

「ありません。美味しいものに目がないので、ここの料理は一度味わってみたかったのです。楽しみです」

「そうか、それはよかった」

リップサービスではなく本気でワクワクしているらしい理人さんに、お祖父様《じい》も機嫌よく答えた。

皆がアペリティフに水を頼んで供されたあと、早速お皿が運ばれてきた。お祖父様《じい》に時間がないのを承知しているようだ。

「前菜のサラダ菜と海老のムースに林檎《りんご》のジュレを添えたものでございます。こちらはソローニュ産キャビアとサーモンにタルタルソースを和えております」

目にも鮮やかな前菜をつまみながら、世間話をする。

「最近、一緒に働いていると言っていたな」

「はい。理人さんに投資関係のことを教えてもらいながら、なんとかやっています」

「葉月さんは熱心で物覚えも良くて、助かっています」

そう思ってくれているのは感じていたけど、本人の口から直接そう聞くと、ことさらうれしい。理人さんを見て、にっこりしてしまう。

そこから婚約の話になるかと思ったら、仕事の話になって、主にお祖父《じい》様がする質問に、理人さんは如才《じょさい》なく答えていった。

そして、理人さんは食べ方も綺麗だった。

「スズキのローストトマトのエマルジョンに白トリュフを削りかけてございます」

「私の好きなやつだな」

「水鳥川様に気に入っていただいておりますので、旬のものがお出しできて光栄でございます」

お祖父《じい》様の言葉に給仕がにこやかに答える。

メインの魚が出てきても、お祖父《じい》様は婚約の話を出さなくて、私の方から切り出した方がいいのかしらと思い始めた。

問いかけるように理人さんを見たら、待てというように目で諭《さと》された。

そこで様子を見ていると、今度は、世界の経済情勢やら最近起こった企業ニュースの話題で盛り上がっている。さすが理人さんは知識も豊富で情報に聡く、ベテランの経営者であるお祖父《じい》様にさらりとついていき、わからないところはわからないと言って教授を受けていた。

お祖父《じい》様は理人さんの受け答えに満足そうにうなずき、終始機嫌が良さそうだ。

「メインの肉料理でございます。仔羊をスパイシーに焼き上げ、フォアグラと大根のキャラメリゼを乗せております」

とうとう肉料理まで来てしまった。

お祖父《じい》様はデザートの時にでも話すおつもりかしら？

そう思いながら、お肉を口に入れると、あまりの美味しさにうっとりしてしまった。

横からクスッと笑い声がした。

「葉月は仔羊が好きなのか？」

声の方を見ると、理人さんが優しい目で私を見ていた。

そんなにわかりやすかったかと恥ずかしくなって、小さく「はい」と答えた。

「じゃあ、今度ラムが美味い店に連れてってやる」

「本当ですか？　うれしいです！」

反射的に笑顔で返事をして、私たちってそんな関係だったかしら？　と心の中で首を傾げる。

ふいに、ハハハと今度は向かい側から笑い声がした。

お祖父《じい》様だ。

「なるほど。沙耶香と肇くんのことは少々後悔しているから、葉月の相手はしっかり見極めようと思ったが、なかなかいいコンビのようだな」

「そうでしょうか？」

お祖父様《じい》がそんなことを思われていたなんて知らなかった。お父様たちの冷え切った関係のことを気にしていらしたのかしら？

理人さんと私も契約上の関係でしかないのに、そう言われると申し訳なく思ってしまう。

（私たちはそんなふうに見えるの？）

一ヶ月一緒に仕事していたから、呼吸が合っているのかもしれない。

「葉月がそんなに甘えている相手を初めて見たよ」

私は驚いて、目をパチパチさせてお祖父様《じい》を見つめてしまった。

（甘えている……？）

仕事ぶりは信頼している。頼りにしていると思う。

悪い人ではないとも思っている。

でも、甘えているつもりはなかった。

（理人さんの偽装工作のおかげかしら？）

ちらっと彼を見上げ、熱くなった頬に触れる。

「それは光栄ですね。それでは、私たちのことを認めてくださるのですか？」

当然のことのように流して、理人さんはお祖父様《じい》に確認した。

「婚約者となるとどうかな。私は真宮くんが気に入ったから候補にはしたが、拙速《せっそく》すぎないか？」

お祖父《じい》様が意地悪そうなお顔になる。

やっぱりそんなに甘くはないかと思ったら、理人さんがやんわり反論した。

「水鳥川会長から婚約者候補というお話をいただいたとき、まだ葉月さんのことを知りませんでした。でも、こうして知り合って、私は葉月さんを支えていきたいと思いました。私を婚約者に据えて、一年くらい様子を見ていただけませんか？　その間に私の資質をお試しください」

「理人さん……」

彼がそこまで言ってくれるとは思っていなかった。

そして、演技だとわかっているのに、胸が熱くなるのを抑えられなかった。

「真宮くんは水鳥川興産の社長になりたいのか？」

「葉月さんがそれを望むなら」

「優等生の答えだな」

お祖父《じい》様は目を眇《すが》め、理人さんを凝視した。自分が見られているわけではないのに、その迫力にビクリとする。でも、理人さんは平然と見返している。

しばらくして、お祖父《じい》様は納得したようにうなずいて言った。

「……そうだな。肇くんには言っておいてやろう。どうせ反対されると思ったのだろう」

お祖父《じい》様はにやりと笑う。

わざわざお祖父《じい》様に連絡を取った意味がバレていた。

「ありがとうございます。よろしくお願いします」

私たちは揃って頭を下げた。


お祖父《じい》様とのランチを終えた後、理人さんは私を家まで送ってくれた。

「理人さん、ありがとうございました」

車に乗り込むと、真っ先に私はお礼を言う。

お祖父《じい》様が婚約を認めてくれたのは、ひとえに理人さんのおかげだった。

一柳さんから逃げるために衝動的に持ちかけた契約だったけど、自分の見込みがずいぶん甘いものだったことに気がついた。そして、もしかしたら理人さんの割に合わないかもしれないことにも。

婚約者という立場は曖昧で、本当に理人さんの役に立つのかどうか、わからない。

最終的な目的が私や社長の座ならいいのだけど、違うのだとしたら、負担の方が勝つような気がする。

「よかったじゃないか。会長を押さえておけば、社長が勝手にどうこうできないだろ?」

理人さんはニッと表情を崩して笑ってくれる。先ほどまでの整った笑顔ではなく、気を許している相手に見せるようなくだけた笑顔。

（そんな顔をされると勘違いしてしまうわ）

「そうですね。未だに力関係は祖父の方が上なので」

これで、お父様が一柳さんを無理やり私の婚約者にすることはできなくなった。

少なくとも、お祖父《じい》様を説得して、前言を翻《ひるがえ》してもらわなければ。

どっと力が抜け、安堵の溜め息をつく。

理人さんは運転しながら手を伸ばして、そんな私の髪を撫でてくれた。

「それにしても、評判通り美味かったなぁ、あそこのフレンチ。特に、オレンジスフレが絶品だった」

メイン料理よりもデセールの話が先に出てきて、うれしくなって、私は声を弾《はず》ませた。

「そうなんです！　繊細なスフレなので、すぐ萎《しぼ》んでしまうし、あそこでしか味わえないんです！　ミルフィーユも美味しかったでしょ？」

デザートワゴンが出てくると、理人さんは澄ました顔で全部とリクエストしていた。

私はつい笑ってしまい、お祖父《じい》様は目を剥《む》いていらしたけど、彼は満足げに綺麗に食べ尽くした。

「そうだな。パイのサクサク感がよかったな。クレームブリュレもたまらない味だったぞ？　あそこはカスタードクリームが美味しいな」

「クレームブリュレ……食べたかったです……」

「欲しいものは欲しいと言わないからだ」

「だって、お腹がいっぱいであれ以上食べられなかったんですもの」

少し膨《ふく》れていると、笑って頬をつつかれた。

「じゃあ、今度、一食抜いて、ケーキビュッフェにでも行くか？」

「行きたい！　……です」

テンション高めに食いつきかけ、急に我に返って、トーンダウンした。

実はケーキビュッフェに憧れはあるものの、ひとりで行くわけにもいかず、足を運んだことがなかった。

(でも、私のやることは、理人さんと親交を深めることではなく、本当の結婚相手を見つけることだわ)

すぐ理人さんの調子に乗せられてしまう。

車が停まったと思ったら、家だった。

理人さんと話していたら、あっという間に着いてしまった。

玄関アプローチで降ろしてもらって、挨拶をする。

「今日はありがとうございました。また月曜日に」

「あぁ、これからしばらくよろしくな、葉月」

手を上げると、理人さんは車を発進させた。

その車が見えなくなるまで見送った。


「ただいま」

「おかえりなさいませ、お嬢様」

いつものように、真柴さんがにこやかに出迎えてくれる。

「夕食は軽めでいいわ。ちょっと食べ過ぎちゃったから」

「かしこまりました。お茶でもお持ちしましょうか？」

「いいえ……あ、やっぱりお願いするわ。カモミールティーを」

「承知いたしました」

そうお願いして、私は自室に引っ込んだ。

ソファーに座って、ぼーっとする。

昨夜から目まぐるしくて、茫然《ぼうぜん》としている。

そもそも昨日の昼間には真宮部長と呼んでいたはずなのに、いつの間にか「理人さん」が定着していて、自分でも驚く。

ちょうどメイドさんが持ってきてくれたカモミールティーを一口飲み、心を落ち着けようとする。

癒やされる香りだけれど、とうてい私の心のざわめきをなだめることはできなくて、ほぅっと溜め息をついた。

(とりあえず、時間は稼げたわ。あとは結婚相手をどうやって探したらいいのかしら？　そもそも私が結婚相手に求めることってなにかしら？)

まずはそこから考えてみることにする。

第一は、誠実な人。

理人さんは誠実って言えるのかしら？　いいえ、理人さんは関係ないわ。

第二に、話していて落ち着ける人。一緒にいて苦痛じゃない人。

私が口下手だから、ある程度はおしゃべりしてくれる人がいいわ。でも、あまりにおしゃべりだと疲れちゃうから嫌かな。

なんて考えて、結構図々しいことを思っているのに気づく。

(合うかどうかは話してみないとわからないわよね)

その他に、顔の好みは特にないし……と思って、重要なことを思い出す。

(仕事ができる人じゃないとだめだわ！)

次期社長候補になるから、そうでないとお祖父《じい》様もお父様も認めてくれないだろう。

そうなると、それなりの器の人を探さないといけない。

その上、婿養子に入ってもらわないといけない。

これはなかなかハードルが高いかも……

（そんな人、どこにいるのかしら？）

私はまた溜め息をついた。

ふと思い、スマホで「婚活」と検索してみる。

マッチングアプリと婚活パーティーというのがずらりと出てきた。

マッチングアプリはきっといろいろ条件を入れられるのよね？

登録してみようかと思ったけれど、まずメールアドレスを入力というところで躊躇《ちゅうちょ》してしまう。

連絡先を入れないといけないのは当たり前なんだけど。

マッチングアプリの方は置いておいて、今度は婚活パーティーの方を見てみる。

「年収一千万以上のハイステータス男性」だとか「高年収、高身長、褒められ容姿」というような露骨な表現が目立つ。

なにか私の求める条件と違うようで、そっと閉じた。

一年以内に結婚相手を見つけるなら躊躇《ためら》っている暇《ひま》はないと思う。でも、今はまだ混乱中で冷静に考えられない。

（もう少し落ちついたら……）

私は現実から目を逸らすように、スマホを置いた。

「葉月！　どういうことだ！」

お父様が怒鳴り込んでこられたのは、日曜の晩だった。

私は驚いてしまった。

(お父様が私の部屋に来られたのは初めてじゃないかしら？)

「どうされたのですか？」

「どうもこうもない！　勝手に婚約者を決めるとはなんのつもりだ！」

よほど腹を立てているようで、普段はクールで表情が読めないお顔が赤くなっていた。

「勝手にではありません。お祖父様《じい》のお薦《すす》めの方ですし、一緒に働いて、素晴らしい方だというのがわかっていたので、決めたのです。お父様も結婚は早い方がいいとおっしゃっていましたでしょう？」

「なぜ私ではなく会長のところに行ったんだ」

憤怒を秘めた低い声を出すお父様に、ビクリとする。

ついうつむきそうになった私の頭に、ふっと『仮にも俺の婚約者なんだから、気軽にうつむくな』という声が蘇った。

勇気を振り絞って、お父様に対峙《たいじ》する。

「無理やり関係を作られたくはないからです」

「……なんのことだ」

銀縁眼鏡をくいっと上げて、お父様は無表情に戻った。

「言葉のとおりです」

一柳さんのことを問い詰めることもできたけど、一蹴されそうで、代わりにじっとその目を見つめた。

初めてお父様に言葉を返した気がする。

お父様はふっと目を逸らし、眼鏡をもう一度戻してから言った。

「とにかく、真宮くんは駄目だ！　昔から言っているように、お前は水鳥川家の役に立つ婿を迎えるのが仕事だ。勝手なことをするな」

「ですから、お祖父《じい》様の推薦する……」

「あいつは駄目だ！　お前の相手は私が見つける！」

「それは水鳥川家のためではなく、お父様の役に立つ相手ということではないですか？」

「なにッ！」

激昂《げっこう》したお父様に手首を掴まれた。

鋭い痛みが走り、恐怖に身が縮まる。

結局うつむいてしまった私の手を放り出すように離し、お父様は言い放った。

「私の見つけた相手と結婚するんだ！」

「……それなら、私の気に入る相手を見つけてください！　それまでは理人さんが婚約者です！」

顔を上げて、なんとか言い返す。

お父様はふいに顔を歪めて嗤《わら》った。

「お前の気に入るというのは甘い言葉を囁いて誑《たぶら》かす男か？」

「違います！　強引な人は嫌なだけです！」

「多少強引でないと仕事はできん！」

「人間性に欠けるやり方は嫌です！」

なるほどな、とお父様は軽くうなずいた。

「お前にも意思があるってわけか」

当たり前のことをつぶやかれる。

続けてお父様は「それならお前が気に入りそうなやつを見繕《みつくろ》ってやろう」と一方的に宣言すると、部屋を出ていった。

戸が閉まると、崩れ落ちるようにソファーに座り込んだ。

ドクドクと心臓がうるさいほど騒いでいて、手が震えている。

（お父様に要求を通したのは初めてだわ……）

一柳さんのように、自分の欲望のためには人を蔑《ないがし》ろにするようなタイプにまた引き合わされても嫌だという一心だったけど、理人さんやお祖父様《じい》の後ろ盾があると思うと強くなれた。

（昨日、お祖父様《じい》にお会いできてよかった）

もともとは結婚相手に大した希望はない私なので、本当は人間的に信頼できる人であれば、お父様の選んだ相手でもいいと思っている。

お父様が次にどんな方を連れてこられるのかわからないけれど、拒否することができるというのはありがたい。

（でも、やっぱり自分でも探すべきかしら？）

私は、勢いで婚活サイトに登録した。

二章　私の意志

月曜日からは日常に戻った。

出勤すると、理人さんは何ごともなかったように、いつも通り仕事を次々言いつけてきて、それがありがたかった。

「真宮部長、刈田《かりた》コーポレーションの書類が揃いました」

「あぁ、ありがとう」

理人さんはさわやかに微笑むけれど、当然プライベートで見せてくれた笑みではなく、その切り替えがすごいなと思ってしまう。

もう一つ驚いたのが婚活サイトの反応で、昨夜登録したばかりだったのに、朝見たら、二十件以上通知が来ていた。

朝は時間がないので、帰宅後、ゆっくり確認した。

その頃には通知はさらに増えていた。

相手に求めることをかなり細かく書いたのに、こんなに当てはまる人がいるのかとびっくりしていたら、ほとんどが、それを読んでいないと思われる人や口コミにあったサクラの人っぽかった。

その人たちには丁重にお断りをしていき、それでも、見込みがありそうな人が数人残った。

とりあえず、やり取りを続けようと返事を書いた。

会社では脇目も振らず仕事に励み、家では日々入る婚活サイトからの通知やメッセージに対応する一週間。写真を送ってほしいとか、直接の連絡先を教えてほしいなどという連絡があまりに頻繁に来て、ちょっとうんざりする。もちろん、お断りする。

やり取りが続いている人もいるけれど、本当にこんなやり方で結婚相手が見つかるのか、早くも不安になってしまった。

金曜日の定時を過ぎた頃、今週中と言われていた資料を揃えて、真宮部長のところに持っていく。

「頼まれていた資料は以上です」

書類を渡して、離れようとした時、ふいに腕を掴まれた。

前傾姿勢になった私の耳に真宮部長がささやいた。

「飯食って帰ろうぜ、葉月」

ニッといたずらっぽく笑った表情はプライベートのもので、「ここ、会社……」と焦って、周りを見回してしまった。

幸い、誰もこちらに注目しておらず、胸を撫で下ろしたのに、彼は平然と「定時は過ぎたぞ？」とまた笑った。

なんだかわからないままに、気がついたら、真宮部長の部屋にいた。

ううん、プライベートだから、理人さんと呼ぶべきかしら？

そして、理人さんが夕ご飯を作ってくれるらしい。

ご飯を食べて帰ろうと言っていたのに、気が変わったそうだ。

真柴さんに今日の夕食はいらないと連絡をして、手持ち無沙汰にソファーに座っている。

手伝いを申し出たのだけど、「すぐ準備できるやつだから座っとけ」と言われたのだ。

言葉通り、理人さんはしばらくするとこちらに来た。

「あとはできるのを待つだけだから、その間、エッチなことして待ってようぜ」

「え？」

にこやかに理人さんが隣に座ったかと思ったら、唇を塞がれた。

混乱する間にひとしきり甘いキスを受け、思考が霞《かす》んでくる。

唇を合わせたままソファーに押し倒された。

胸をふにふに揉まれ、舌を吸われ、息が苦しくなる。

「んっ、んんっ……はあ、んっ……」

ようやく口を離されたと思ったら、理人さんは耳を舐めながら、ささやいた。

「お前、エロすぎて、ムラムラを抑えるのが大変だったよ」

「エロすぎって⁉」

会社では普通に働いていただけですよね？　と聞き咎《とが》める。

でも、ぐしゅぐしゅと耳穴を舐められて首をすくめた。

「あっ、ぅん、あん……」

「ほら、エロい」

理人さんが笑った吐息が湿ったところにかかって、くすぐったいのに、ずくんと下半身が反応した。

「清楚な顔してくそ真面目に働いているけど、こんなふうに俺の手でトロトロになっていたのを思い出してヤバかった」

「なっ、会社でそんなことを考えていたんですか⁉」

「時々な」

「信じられない！」

あの有能な真宮部長のイメージを返してほしい。

ジタバタと彼から逃れようとするけれど、本格的に愛撫が始まって、力は抜けていく一方だった。

「ち、ちょっ……」

抗議したが、ブラウスをはだけられ、下着をずらしてぐいっと胸を持ち上げられる。

そのてっぺんに吸いつかれると甘い吐息しか出てこなくなった。

「やっ……んんんっ、うっ、はぅ、んっ、あ……」

気がつくと、ブラは外され、スカートはまくり上げられ、あられもない格好で、体中を触りまくられていた。

指が脚の間に来て、ぐしょぐしょになっているショーツを擦った。

恥ずかしくてたまらなくて、私はギュッと目を閉じる。

ちろちろと首もとを舐めながら、理人さんは楽しそうに喉を鳴らした。

「今度、着替えを持ってこいよ」

「着替え、ですか……？」

私の服を脱がしながら理人さんが言った。

思考力の低下している私はぼんやりと聞き返す。

理人さんはスルッとショーツを脱がして、私に見せた。

「これ洗いたいだろ？　うちに来るたびにノーパンで過ごしたいっていうなら、それも大歓迎だが」

濡れそぼっているショーツに、羞恥心で爆発しそうになる。

理人さんが指に引っ掛けているそれを取り戻そうと手を伸ばしたけど、彼はポイッと下に投げ捨てて、私の脚を掴むとその間に顔を埋《うず》めた。

「きゃっ、だ、だめ、あっ、ああんっ！」

滴る蜜を綺麗に舐めとるように舌を動かされて、動揺と快感に翻弄される。

（そんなところを舐めるなんて！）

顔から火が出そうに恥ずかしいのに、とんでもなく気持ちよくて、私は快楽から逃れるように頭を振った。

体が熱くてたまらない。

私を舐める理人さんが様子を窺うようにちらっと私を見た。

その色っぽい上目遣いに、体の奥が疼《うず》く。

私と目が合ったのに気づいて、彼は指で割れ目を開いて、舌を伸ばすと、見せつけるように下から上へと舌をぺろんと這わせた。

「ひゃんっ」

彼の舌が上まで来たとき、ビンと電流が走ったようになり、変な声が洩れてしまう。

「やっぱりそこがいいか」

理人さんは笑って、今度はその敏感なところを攻め始めた。

「やっ、だめ、そこ、ああッ、やああ、だめぇっ！」

ペロペロと舐めたり、円を描くように周りを辿られたり、押されたり、そこに触れられると頭がおかしくなるほどの快楽を覚えて、ビクビクと体を震わせた。

高められた熱はどんどん溜まっていって、理人さんがそこをちゅうぅと吸ったとき、ぴょんと腰が浮いて、弾《はじ》けた。

過ぎた快楽に惚けていたら、今度は秘部に硬く熱いものが押し当てられる。

理人さんが私の両脚を揃えて持った。

(な、に……?)

それを確かめようと見たのと、理人さんが腰を動かし始めたのは同時だった。

私の脚の間から、彼の怒張が顔を出す。

あまりに卑猥な光景に唖然とするが、敏感なところを擦られて、また喘ぎが止められない。

「あ、ふ、やぁん、あ、あん……」

自分の口から洩れているとは思えない甘ったるい声に耳を塞ぎたくなる。

でも、私の手は縋るものを求めて辿り着いた彼のシャツをギュッと握りしめるだけだった。

指でもない舌でもない硬いもので秘部を擦り上げられると、先ほどまでとはまた違った快感が生まれ、私の体はすぐに高められた。

「はっ、あああーーーッ」

背中が反って、目の前が真っ白になった。

暴れる私の脚を折りたたむようにして、理人さんはさらに自身を押しつけ擦りつける。

「ああっ! やあん! だめ、今……ああんっ!」

目の裏がチカチカして、私は首を振ってよがった。

彼の動きが早くなったかと思うと、急に止まって、お腹に熱いものが飛び散った。

ドクドクと吐き出されるそれを、息を荒らげながら見つめる。

「や～らしくて、いい眺め」

髪を掻《か》き上げながら理人さんがにやりと笑った。

「～～～～っ」

恥ずかしくて声も出せない。

理人さんは鼻歌まじりにティッシュで私の体を拭いて、抱き起こしてくれた。

頬や額《ひたい》にチュッチュッとキスを落とすと、「可愛いな」とささやく。

私はまだ体がふにゃふにゃで力が入らず、されるがままだった。

理人さんは私を離し、床に落とした服を拾い上げてくれたけど、どれもぐちゃぐちゃで、「着るものを持ってきてやる」と言って、まとめて持っていってしまった。

ソファーで身を丸めて待っていたら、理人さんはこの間のようなTシャツと短パンを持ってきてくれた。

私がそれを身につけている間に、「ちょうど飯ができたぞ」と理人さんは料理をテーブルに並べ始めた。

ライスにビーフシチューにコールスローサラダ。

赤ワインまで添えてある。
「時間配分バッチリだろ？　こないだ買った電気圧力鍋は、材料を放り込むだけででき
るから便利なんだ」
（そんなこと、得意げに言われても……）
複雑な気持ちでテーブルにつき、美味しい料理をいただいた。

絶品の夕食をいただいた後、ソファーに移動して、理人さんはテレビをつけた。
でも、それを見るわけではなく、リモコンを私に渡して、自分はパソコンを立ち上げ、
仕事の情報をチェックしている。
服は洗濯中とのことで、またしても帰れなくなった私は、ぼんやりとテレビを眺めた。
隣から視線を感じると思ったら、彼の膝に乗せられた。
「り、理人さん？」
抗議する私のこめかみにチュッとキスをして、片手はパソコンに、もう片方の手は私
の胸を弄《いじ》くり始めた。
視線はパソコンに向けたままだ。
真剣な眼差しとエッチな手の動きのギャップが著しい。
下着をつけていないから、彼の手の感触が薄い布から直のように伝わって、先ほどの

官能が簡単に呼び覚まされてしまう。

文句を言おうとするたびに、「まぁ、待て」というように口づけられて、息があがった。

パソコンを操作している手も時折、私にいたずらをしてきて、どんどん体温が上昇してくる。

「お待たせ、葉月」と言われたときには、すっかり体は蕩《とろ》けてしまっていた。

「明日、買い物に行くか？　こんなそそる格好をしていたら、ずっと俺にいたずらされるぞ？」

そんなことを言われて、コクコクとうなずいた。

（そんなの困るわ！）

結局、その日はそのまま食前と似たようなことをされ、お風呂に入ったあと、ベッドで裸にされた。

理人さんは本当に人肌が好きなようで、スリスリと顔を私の肩口に擦りつけ、手で撫でるように私の背中から腰に触れる。

「葉月の肌は本当に気持ちいいな」

満足げに微笑んで、理人さんはそのうち寝てしまった。

抱きまくらになった私は、彼の腕から逃れようとしたけれど、やっぱり無理で、溜め息をついて、目を閉じた。

人肌が気持ちいいのはちょっとわかると思いながら。

翌朝、目が覚めると、理人さんの腕の中に囚《とら》われたままだった。

身じろぎしたら、余計ギュッと抱きしめられてしまって、困惑する。

(どうしよう?)

別に予定があるわけじゃないから、早く起きる必要もないのだけど、この体勢は落ち着かなかった。

でも、万年寝不足気味に見える彼を起こすのもかわいそうかと思い、じっと起きるのを待つことにする。

することがないから、間近にある彼の顔を見つめた。

長い濃い睫毛が影を落として、整った顔に陰影をつけている。鋭い瞳が見えない彼は、やわらかな表情で気持ちよさそうに眠っていた。

薄い唇は綺麗な上向きのカーブを描き、その唇であちこちに触れられたことを思い出し、ひとり赤面する。

しばらくすると、ぼんやりと理人さんの目が開いた。

半覚醒状態で私を認めた彼は、頬を擦り寄せ、笑みを深めるとキスをした。

「理人さん、おはようございます。そろそろ離してください」

私がそう言うと、彼は「んー、やだ」と短く答えて、私の胸に顔を埋《うず》めた。

「やわらかいな……」

まだ半分寝ぼけた風情で、手でふにふにするので、私は居たたまれず、彼から逃げ出した。

床に落ちていた服を掴むと、洗面所に直行する。

初めて過ごした夜のことを思い出した。

洗面所で顔を洗って、洗濯機から下着を取り出して着けた。

（ブラウスとかスカートはどこに行ったんだろう？）

洗濯機の中にはなくて、どこかに干してくれているらしい。

（ベランダかな？）

ダイニングに戻り、ベランダの扉を開けると、やっぱりそこに私の服があった。

乾いているけど、皺《しわ》が寄っている。

「それはアイロンをかけないと着られないな」

突然、後ろから声がして、跳び上がる。

「アイロン……」

「お嬢様はアイロンなんてかけないか。後でやってやるよ」

ふわぁと欠伸《あくび》をしながら、さらりと理人さんは言った。

どうやら彼はアイロンもかけられるらしくて、本当になんでもできる人だなぁと感心する。

そのままキッチンへ行くので、なにか手伝えることはないかとついていった。

「コーヒー飲むか？」

「はい」

「淹れたことはあるか？」

「……ないです」

「美味いコーヒーの淹れ方を教えてやろうか？」

「はい！」

ドリップポットを火にかけた後、理人さんはコーヒー豆を取り出し、ミルで挽《ひ》いた。

「コーヒーはこの香りがいいよな」

「私も好きです。いい香りですね」

私が同意すると、理人さんは機嫌良さげに笑った。

私にコーヒーの淹れ方を教えながら、その合間に、理人さんはベーコンを焼いたり、スクランブルエッグやサラダを作ったりして、朝食プレートを完成させる。

「そこの戸棚から好きなカップを選んで、コーヒーを入れてくれ」

指し示された棚には、ひとつひとつ違ったコーヒーカップが並んでいた。

私は理人さん用に、金属のような光沢のある立方体のカップを選び、自分用には、白地に青紫の釉薬《ゆうやく》をかけたような繊細で美しいカップを選んだ。

(これだけあると、選ぶのが楽しいわ)

「器がお好きなんですか？」

「そうだな。詳しくはないが、気に入ったものがあると欲しくなる」

「その日の気分で器を変えるのっていいですね」

「そうだな。収納スペースが許すなら、もっと揃えたいところなんだが」

理人さんは苦笑して肩をすくめた。スペースは有限だからなと。

私は今までメイドさんが用意してくれたものを受け取るだけだったから、そんなことを考えたこともなかった。

そういう意味では、自分のものと言えるものを私はほとんど持っていない。

急にひとり暮らしがうらやましくなった。

なにもできないくせに。

「さぁ、食べよう。腹が減った」

「美味しそうです。いただきます」

手を合わせて、カリカリのベーコンにナイフを入れた。

「お嬢様はやっぱり服を買うなら百貨店なのか？」

「ブティックにも行きますよ」

「ブティックか……。わりぃな、俺は私服はファストファッションでいい質《たち》だから、店を知らないんだ。余計なものに金はかけない主義でな」

彼の部屋からそんな雰囲気は感じていたけど、お金の使い方にメリハリをつける人なんだなと改めて思った。

ファストファッションでもスタイルのいい理人さんが着ると充分格好いいけど。

食後に、理人さんが私のブラウスとスカートにアイロンをかけてくれた。

私は魔法のように皺が伸びていくのを目を丸くして見ていた。

「アイロンがけ、お上手なんですね」

「あぁ、昔取った杵柄《きねづか》だな。今はさすがにクリーニングに出しているが、昔は金がなかったから、自分でやるしかなかったんだ」

「なんでもできるのはすごいと思います」

「必要に迫られたら、大概のことはできるようになる」

「そうですか？」

ちょくちょく昔はお金がなかったという話が出てくるけど、聞いていいのかどうかわからなくて、話題を変えることにする。

「私、ファストファッションのお店に入ったことがないから行ってみたいです」

「お嬢様がファストファッションか？　う～ん、じゃあ、銀座《ぎんざ》辺りにでも行くか？　それなら両方ある」

「どこでも連れていってもらったところで探します。私もそんなに服にこだわりはないので」

ＴＰＯに合わせて服を選んでいるだけで、流行りも知らないし、好みもさほどない。

「そうなのか？　女は服が好きなんだと思っていた」

「可愛い服を見るとテンションは上がりますが、地味な私が着ても……」

私がなにを着ようと、その場に相応《ふさわ》しい限りは気に留められたことがないので、だんだん服への関心を失っていった。

「なんでテンション下がってるんだよ」

いつの間にかうつむき加減になっていた私の顎を持ち上げ、理人さんがチュッとキスをした。

パッと頬が熱を持つ。

（もう！　なんでこう気軽に触るのかしら？）

「今度、うつむいたら、ところ構わずキスすることにしようかな」

「だ、だめです！」

「うつむかなきゃいいだろ？」

「でも……」

「葉月は自分を卑下《ひげ》しすぎだ。あんたは充分魅力的だよ。俺が手を出したくなるくらい」

「！」

息のかかる距離でそんな甘い言葉をささやかれ、鋭い目に射抜かれる。

（からかわないでほしい……）

うつむきたくなったけど、顎を持たれたままだったから、目を伏せた。

すると今度は深いキスをされて、吐息が洩れた。

角度を変えながら、口を吸われて、唇を食《は》まれる。

腰に手が回されて、体が密着した、と思ったら、ふいに離された。

「こんなことしていると、出かけられなくなるな」

理人さんが苦笑して、立ち上がる。

「着替えて、出よう」

そう言って、彼はパリッとしたブラウスとスカートを渡してくれた。

◇
◆

理人さんの車で銀座に連れてきてもらった。

歩き出すと、「こっちだ」と自然に手を繋がれて、この人は本当に女慣れしているなぁとつくづく思う。私ではとても太刀打ちできない。

すごい人に契約を持ちかけちゃったのかも、と今さらながら思った。

大通りに面した白いオシャレなビルの前で理人さんは立ち止まった。ガラス張りの壁からは、色とりどりの鮮やかな服がかけてあるのが見える。

「わぁ、こんな感じなんですね」

連れてきてもらったファストファッションのお店はスペインのブランドで、大人っぽいデザインの服がぎっしり並べてあり、お客さんでいっぱいだった。

女の子が多いけど、カップルもチラホラいる。

理人さんと並んで服を見ていくと、相手がいてもいなくても、女の子たちがチラチラと彼を見ているのがわかった。

(わかるわ。格好いいもんね)

私が見上げると、理人さんは強い眼差しを緩めて「なんだ?」と微笑んでくれる。

「いえ、いろんなデザインがあるなと思って」

「そうだな。でも、やっぱり葉月のテイストと違うな」

「私にはスタイリッシュすぎですね」

苦笑して言うと、理人さんはひとつのワンピースに目を止め、「でも、これなんか似合いそうじゃないか」と私に当てた。

ロイヤルブルーのさわやかな色で、テロンとした素材がこれからの季節によさそうだ。なにより好きな色なので、ときめいた。

「いいですね。じゃあ、これにします」

「早いな。もうちょっと見てから決めろよ」

本当にいいと思って言ったのに、理人さんは笑って、店中を引っ張り回した。

結局、候補が三着見つかって、「試着してこい」と理人さんに送り出された。

試着して、カーテンを開けると理人さんが待っていてくれて、「似合っている」とか「丈が長すぎるな」と感想を言ってくれる。

最初に見つけたロイヤルブルーのワンピースと、白いレース地のワンピースを買うことにした。

会計になり、カードを出そうとしたら、「それくらい買ってやる」と言われたけれど、慌《あわ》てて首を振る。

「いいえ、自分のものですから！」

「お嬢様にとってははした金か」

理人さんは苦笑して、あっさり引き下がった。

「ありがとうございます。お気持ちだけでうれしいです」

お礼を言って、会計を済ませる。

値段を見ていなかったから、びっくりするほど安くて、見間違えかと思った。

さすがファストファッションだ。

「ついでにもっと大衆的なところも覗いてみるか？」

「はい。ぜひ」

次に連れていってもらったお店は、さっきよりももっと物や人に溢れていて、私は目をパチパチさせた。

「ここだと、葉月が買うとしたら、部屋着くらいか」

理人さんとお店を回っていたら、下着を発見して立ち止まる。その横に部屋着もあった。

ちらっと見て、理人さんが耳打ちする。

「下着は別のところで買おう。どうせならもっとセクシーなやつにしようぜ」

「な、なに言って……！」

思わず、大声を出しかけて、口をつぐんだ。

「もう！　なに言っているんですか！」

トーンを落として、小声で理人さんに抗議する。

彼はそれに構わず、にやっとすると、私の手を掴んで、お店を出た。

今度は大きな商業ビルに連れてこられた。

佇まいからしてシックなお店が並んでいる。

人もさほど多くなく、落ち着ける空間だった。

案内図を見た理人さんは私を連れて、エスカレーターで三階に上がった。

理人さんが目指していたのは、女性用ランジェリーショップだった。

躊躇《ためら》いもせずに入っていく理人さんに、こそっと聞く。

「こういうところって、男性は恥ずかしくないいんですか？」

「いや、俺はなんともないが？　むしろ楽しい」

そう言って理人さんはさわやかな笑みを浮かべるけれど、私はすごく恥ずかしい。

彼は平気でショーツを取り上げ、「これ、よくないか？」と私に見せる。よりによって、それは黒の総レースでスケスケのものだった。

「よくありません！」

思わず声を荒らげたところに、お店の人が控えめに「いらっしゃいませ。なにかお探しですか？」と声をかけてきた。

「あ、あの……白の普通の上下が欲しいんですが」

気まずげに私が言うと、「俺が楽しいのにしろよ」なんて理人さんが言うので、焦って彼の袖を引いた。

（もう！　なに言っているの！）

店員さんに「仲がよろしいんですね」とくすっと笑われた。

顔が熱くなってうつむいてしまったのは、今回は仕方ないと思う。

「お二人のご希望ですと、こちらはいかがですか？」

店員さんが出してくれたのは、白い絹地に小花の刺繍が散っているブラとショーツのセットだった。

可愛いけど、ショーツの両脇がリボンになっていて、もしかして、それを解《ほど》くと脱げちゃうんじゃないかしら？

「手触りもいいし、いいじゃないか」

理人さんもそれに気づいたようで、早速リボンを引っ張った。

案の定の仕様で、却下しようとしたら理人さんがさっと取り上げ、「いただいていきます」と店員さんに渡した。

その後、私の意見はそこそこに、主に理人さんと店員さんの意見でもう二セットのブラとショーツ、ベビードールが選ばれ、なんとか私の意見を押し通して、部屋着にスリップドレスを加えてもらった。

理人さんにサイズもバレてしまうし、なんだか無駄にエネルギーを使って、疲れてしまった。

私が脱力している間に、理人さんが会計を済ませてしまう。

「すみません、払います！」

「いや、いいよ。ある意味、俺のもんだし」

にんまりと笑う理人さんに、どう返していいか、わからない。

「そろそろ昼飯食べるか？」

「はい。どこかに座りたいです」

「歩きっぱなしだったからな。じゃあ、ここの中のどこかに入るか」

「そうですね」

私たちは案内図で見て、近くにあったイタリアンに行くことにした。


ピザとパスタをシェアした昼食の後、この施設に入っている本屋さんに寄りたいと理人さんが言う。もちろん私は大歓迎で、そちらへ向かった。

「あ、モネ！」

通りすがりのポスターに、『モネ展』の文字を見つけて、吸い寄せられるように立ち止まる。

上野《うえの》の美術館でやっているみたいだ。

（そういえば、このところチェックしていなかったわ）

「モネが好きなのか？」

「はい。印象派は全体的に好きなのですが、特にモネが好きで」

その中でも『睡蓮《すいれん》』が好きだった。

ちょうどポスターにも睡蓮の絵が全面に取り上げられている。

「じゃあ、行くか」

理人さんが踵《きびす》を返すので、慌てて腕を掴む。

「本屋さんは行かないんですか？」

「これ六時までだろ？　しかも、今日までだ。本屋はいつでも行ける」

「でも……」

「行きたくないのか？」

「……行きたいです」

「じゃあ、決まりだ」

ニッと笑って、理人さんは私の手を取ると、歩き出した。

それについていきながら、聞いてみた。

「理人さんはいいんですか？」

「絵は詳しくないが、興味はある。葉月が解説してくれよ」

「解説するほど詳しくはないですが……」

「器と一緒で美しいものを見るのは好きだ」

そう言われて、無理に付き合ってくれようとしているのではないとわかり、安心する。

理人さんは私をちらりと見て言った。

「そんなに気を遣わなくても、男は単純なんだから、連れが喜んでたら満足だ。だから、もっと我儘《わがまま》言って、にっこり笑っていたらいい」

ふいに指で頬を撫でられ、そんなことを言われる。

胸がきゅうっとなった。

(でも、私たちはそんな関係じゃないでしょ?)

契約上の関係でしかないはずなのに、理人さんから「俺の女」扱いされているような気がする。

うれしいような、困るような、心がくすぐったいような……やっぱり困った。

(女遊びの代わりって、こういうことなの?)

遊びでも、理人さんは相手に対してこういう扱いなのかもしれない。

(彼と本当に付き合える女の子は幸せだろうな)

仮想の彼女がうらやましくなった。

◇
◆

車に戻り、上野の美術館に向かう。

幸い、道はそんなに混んでいなくて、それなりの時間に着けそうだ。

「葉月はよく美術館に行くのか？」

「はい。私の外出のほとんどが美術館かもしれません」

「そんなに行くのか？」

「違うんです。めったに外出しないので、行くとしたらってことです」

たまたま目にした企画展で気になるものがあるときか、モネの睡蓮が見たくなったときに、今向かっている上野の美術館に行くぐらいだ。そこには常設展でも、モネの睡蓮があるから。

「それじゃ、休日はいつもなにをやっているんだ？」

「本を読むか、ピアノを弾くかです」

「ピアノか。お嬢様っぽいな」

「ただの趣味です。理人さんは普段どんなことをされているんですか？」

理人さんにおもしろがられて、恥ずかしくなった。私のことはそれ以上広がりがなくてつまらないので、彼のことを聞いてみる。

「俺も読書するか、ジムに行ったり、ツーリングに行ったりかな」

「ツーリング？」

「バイクだよ。仲間と行ってキャンプすることもあれば、ひとりでぶらっとどこかに行くこともある」

「素敵ですね。どんなところに行くんですか？」

「北海道から九州まで、日本全国行ったことがあるぞ？　さすがに沖縄まではないが」

「すごいです！」

行動範囲の広さとバイクの自由さがなんとなく理人さんらしいと思った。まだ、そんなに彼のことを知らないのだけど、思い立ったら即実行というフットワークの軽さを感じる。

「乗ってみたいなら、今度乗せてやろうか？」

「本当ですか！」

バイクに乗れる日が来るとは思っていなかった私が目を輝かせると、理人さんはちょっと驚いた顔をして、笑った。

「葉月は意外とこういうことには物怖じしないな」

左手が伸びてきて、まるで褒めるように頭を撫でられる。

そう言われてみると、普段は保守的な私なのに、理人さんにはなぜか積極的な態度になっている。彼につられているのかもしれない。

「じゃあ、今度な。汚れてもいいパンツスタイルを用意しとけよ。ああ、それこそさっき買っておけばよかったな」

確かに、ちょうどいいパンツなんてあったかしらとクローゼットの中を思い浮かべる。

イメージはジーンズなんだけど、一本も持っていない。

（明日買ってこようかしら）

ジーンズに合わせる上着も持っていないし、バッグや靴だって……

めずらしくワクワクしてきて、あれこれ考えてしまう。

「葉月は可愛いな」

「えっ！」

唐突に言われて、動揺する。でも、真意を探る前に「着いたぞ」と車が停まった。

（真意もなにも、理人さんにとっては挨拶みたいなものかもしれない）

実際、何度か言われている。

私は言われ慣れないから、その都度、ドキッとしてしまうけど、理人さんにとってはなんでもない言葉なのだろう。

なるべく気にしないようにして、車を降りた。

そこは通い慣れた美術館への道。

桜並木を通っていくと、左側に動物園、右手に美術館、博物館がある。

理人さんは馴染みがないらしいので、今度は私が誘導する。

「こちらです。春は桜の花が有名なんですけど、今は新緑が綺麗ですね」

「そうだな。散策するのにちょうどいい季節だな。風がさわやかだ。花見風景をテレビで見たことはあったが、来たのは意外と初めてかもしれない」

「博物館には、恐竜の化石や哺乳類の剥製《はくせい》とか、科学技術の歴史の展示なんかがあって、興味深いですよ」

「へぇ。おもしろそうだな」

その反応に、男の人にとってはそちらの方が楽しかったかもしれないと今さら気がついた。

(なんなら、ここから別行動でも……)

そう思った私を見透かしたのか、ツンと額《ひたい》をつつかれる。

「こら、今日はモネ展を観に来たんだろ？　文化的なものに触れてこなかったから、どちらにしても新鮮で楽しみだ」

この人は本当にスマートだなぁと感心して、顔をしばし見つめてしまった。

そんな私に理人さんはいきなり軽いキスをする。

「な、なにするんですか！」

口を押さえて慌てる私を彼は笑った。

「可愛い顔で見つめてくるから、おねだりされているのかと思って」

「していません！」

睨みつけたが、なおも笑い続けている理人さんに、からかわれていることに気づく。

「もう！　こっちです！」

なにをしてもおもしろがられるだけだとわかって、膨れて、足早に歩いた。

（ドキドキするのはびっくりしたからだわ。人前でキスなんてするから）

そっと胸を押さえて、気持ちを落ち着けた。


美術館に着いて、チケットを買うと中に入る。

私は案内文や解説文をじっくり読んで観ていく質《たち》なんだけど、理人さんはどうかしらと見上げると、「ついていくよ」と手を繋がれた。

好きにしていいと言っているようで、私は安心して、入口の案内文から読んでいった。

この展示は「モネの生涯」と銘打って、彼の作品を時系列で並べてあるようだ。

最初は隣の理人さんを意識していたけど、だんだん絵に夢中になって、途中から彼の存在をほぼ忘れて見入ってしまった。彼ものんびりと私についてきてくれた。

最後の絵はモネの最晩年の作品で『睡蓮』だった。

「モネは画家なのに、視力が低下していたんだな」

理人さんが解説文を読んで、ポツリとつぶやいた。

「そうなんです。この頃から画風が変わって、こうした力強いタッチの抽象画のようになるんです。苦しみながらも絵を描き続けたモネを思うと、私もくじけてないで頑張らないといけないと思えて、たまにモネの睡蓮を見たくなるんです」

純粋に絵そのものが好きなだけでなく、そういうモネの生き方も好きなのだ。だから、落ち込むとモネの絵を見に来る。

「そうか。でも、葉月は頑張らないことも覚えないとな」

理人さんは笑って私の頭を抱き寄せ、ささやく。

耳にかかる息がくすぐったくて、首をすくめた。


絵画を堪能して、ギャラリーショップを冷やかしてから外へ出ると、すっかり薄暗くなっていた。

ぶらぶら駐車場まで歩く間に噴水があって、ライトアップされている。

次々と形を変える噴水の動きに合わせて、赤、青、紫、緑と、色も鮮やかに変わっていく。

「綺麗ですね」

「あぁ、雰囲気あるな。意外と上野もデートコースにいいんだな」

言われてみると、あちらこちらにカップルがそぞろ歩きしていたり、ベンチに座ったりして仲睦《むつ》まじくしていた。

「俺たちも対抗するか」

言葉の意味を理解する前に、頬をペロッと舐められた。

抗議しようと見上げると、唇を塞がれた。

後頭部に手を添えられ、念入りに口の中を探られる。

「ん、んん～ッ」

（もうっ、こんなところで！）

いくら薄暗いといっても道のど真ん中だ。

それなのに、たっぷり舐め回され、息を吸われ、酸欠になりそうになった頃、ようやく唇が解放された。

いつの間にか腰に手が回され、私は理人さんのシャツを縋るように掴んでいた。

「そそる顔してるな」

親指で私の唇を拭いながら、そんなことを言われたけど、息を整えるので必死な私は言い返せない。くいっと口の端を上げた綺麗な顔を睨むことしかできなかった。

「……理人さん！」

「せっかくいい雰囲気だから、期待に応えないとな」

「誰の期待ですか⁉」

「ははっ。ところで、葉月は焼き鳥食べたことあるか？」

「え？　……ないです」

ようやく声が出せるようになって、今度こそ抗議をしようとしたのに、澄ました顔の理人さんが明後日の方向から質問をしてきて、戸惑い、勢いが削がれた。

「この近くにうまい焼き鳥屋があるんだ。今日は庶民生活を満喫してみるのはどうだ？」

魅力的なお誘いに、不本意だけど、しぶしぶうなずいてしまう。

理人さんはにやっとして、私を離し、電話をかけた。

「小さい店だから、すぐ埋まってしまうんだ」

予約は取れたようで、上機嫌な理人さんは、私に手を差し出す。

すごくごまかされたようだけど、その手を取り、車に戻った。


連れていかれたのは、小さいと言われて想像していたよりもこぢんまりとしているお店だった。

五人用カウンターに、テーブル席がふたつ。

カウンターの『予約席』というプレートの置かれた場所以外はすべて満席で、人気ぶりが窺えた。

そこに案内されて、並んで座る。

「いらっしゃい、真宮さん。久しぶりだね～。今日はまたえらく清楚な子を連れているじゃないか。お嬢さん、こんな小汚い店に連れてこられて平気かい？」

カウンターの中から人懐こそうな店主さんが話しかけてきた。

私はなんと返していいかわからず、会釈して「いいえ、全然……」と返事になっていない返事をする。

「自分で汚いとか言うなよ。彼女は社会見学だ。焼き鳥を食べたことがないって言うから、食べさせてやろうと思ってな」

「汚いじゃなくて、小汚いだ！　初めての焼き鳥がうちのだなんて、かわいそうに。他で食べられなくなるよ？」

ぽんぽん会話が進んで、私は首を傾げた。会話についていけなかったのだ。

「うますぎて、他の店では物足りなくなるってことだよ」

自分で言って、ガハハと店主さんは豪快に笑った。

「じゃあ、彼女にとびきりのを食べさせてやってくれ」

「もちろんだ！　お嬢さん、食べられない部位はあるか？」

「ここは大将のお任せしかないんだ」

補足してくれる理人さんと店主さんに自信を持って答える。好き嫌いはない。

「なんでも食べられます」

「レバーも？」

「はい、大丈夫だと思います」

「よし、待ってな。今まで食べてこなかったのを後悔させてやるから」

店主さんはニヤリと笑った。

すごい自信に私も笑ってしまった。でも、理人さんが連れてきてくれたのだから、きっと美味しいのだろうと期待は募《つの》る。

烏龍茶を頼んで、料理が出てくるのを待つ間、先ほどのモネ展の話をした。

「今日は美術館に連れてきてくださって、ありがとうございました。初めて見た絵もあったし、改めてモネという画家のことがよくわかって、とてもよかったです。見逃していたら、後悔するところでした」

頭を下げてお礼を言うと、理人さんは微笑んで、私の頬を撫でた。「葉月は大げさだな」と。

「俺はモネと言えば睡蓮ぐらいしか知らなかったが、同じ睡蓮でも初期と晩年ではえらく違っていて、おもしろかったよ。好みで言ったら、何十ものフランスの国旗がはためいていた絵が華やかで好きだったな」

「私もあの絵は初めて見ました。鮮やかでしたね」

理人さんも楽しんでくれていたようで、ほっとする。

それで調子に乗って、つい言ってしまった。

「私は睡蓮がとにかく好きなんです。パリのオランジュリー美術館というところに、四方の壁が全部モネの睡蓮になっている部屋があるんですが、いつかそこに行くのが夢で……」

「行けばいいじゃないか、すぐにでも。葉月だったら、簡単に叶えられる夢だろ」

「え？」

事もなげに言われて、呆《ほう》ける。

理人さんはカウンターに肘をついて、こっちを見た。

手が伸びてきて、私の耳もとから梳くように髪を掻《か》き上げられる。

「どうせ葉月のことだから、有給を山ほど溜めているんだろ？　休みを取って、行けばいいじゃないか。いつかなんて永遠に来ないぞ？」

強い視線が私を見つめる。

意思のはっきりした鋭い眼差しだけど、優しい手の感触に、勇気づけられているように思ってしまう。

（本当にそうだわ。なぜ今まで行かなかったんだろう……）

機会がないし、ひとりで行くのも……なんて思っていたけど、決断しなかっただけだ。

もっと言えば、自由に行動していいのは、結婚して、子どもを産んでからだと思っていた。

でも、実際には今まで行動を制限されたことはない。

(行っていいんだ……)

当たり前のことに目を開かされる。

(理人さんの言葉は、私の心を自由にしてくれる)

きっと彼は思ったことをただ言っただけなんだろう。

それでも、私は心が軽くなったのを感じた。

「……そうですね。でも、今は仕事がおもしろくなってきたところなので、今度にします」

「今度なんて……」

「ちゃんと実現する『今度』です!」

「そうか。ならいい」

理人さんはニッと笑った。

「まぁ、考えたら、葉月に休みを取られて大変になるのは俺だしな。長期休暇を取るなら、事前に言ってくれ。俺が困るから」

私ごとき、本当はいなくても仕事に支障はないはずだ。

それなのに、できる上司の顔で、頭をポンポンと叩かれた。

「お二人さん、いい雰囲気のところ悪いが、料理を出していいか?」

「も、もちろんです！」

店主さんに声をかけられて、慌てて向き直る。

すぐにお皿に串が置かれた。

「まずはささみだ」

「はい。いただきます」

理人さんが早速串にかぶりついているのを見て、真似して一口食べる。

「美味しい！」

ささみってパサパサしているイメージだけど、このささみはジューシーでやわらかい。

しかも、シソと梅肉の香味がすごく合っている。

それをスタートに、ねぎま、レバー、せせり、つくね……とどんどん串が出てきて、どれもとんでもなく美味しかった。

「鶏肉がこんなに美味しいなんて！　しかも、部位ごとに全然違った味が楽しめて、焼き鳥って、本当にすごいですね！」

私が感動して言うと、店主さんも理人さんも、「それはここが特別」と異口同音《いくどうおん》に言うから、笑ってしまった。

「デザートにうまいプリンがあるんだが、食べられるか？」

「食べたいですけど、もう無理です……」

焼き鳥にそぼろ飯まで食べて、お腹がいっぱいではち切れそうだった。美味しすぎて止められなくて、こんなに食べたのは初めてかもというほどだ。

すると、理人さんは自分用にプリンを頼んで、一口分けてくれた。

黄味が濃いプリンで、なめらかなのに濃厚な味わいでとても美味しい。

「プリンの存在を早く言ってくれたらよかったのに……」

思わず、うらめしげに理人さんを見てしまった。

「悪い悪い。また来よう」

「はい！　その時には、プリンに余力を残しておきます！」

拳を握って、自分に誓う。

理人さんがそんな私を見て、噴き出した。

お嬢様なんだから、この程度ならいくらでも食べられるだろう、と。


「帰るか」と理人さんが言い、車に乗っていたら、彼のマンションに帰ってきてしまった。

家に帰るつもりでいた私は、そこでお暇《いとま》しようとしたけど、理人さんに捕まえられた。

「せっかくだから、買ったものを披露したくないか？」

「したくないです」

そもそも買ったものって、ほとんど下着だ。それは披露するものじゃない。

「俺は見たい」

そう言った理人さんは私の腰に手を回し、エレベーターに連れ込んだ。

「理人さ……っんん！」

連日泊まるわけにはいかないと言おうとしたら、壁際に追い詰められて、熱い唇で口を塞がれた。

すぐ侵入してきた舌にねっとり攻められて、うわずった声をあげてしまう。

いつ誰が入ってくるかわからず、ドキドキして、彼を押し返そうとするけれど、片手で顎を掴まれ、もう片方の手は退路を塞ぐように壁につかれて、身動きが取れない。

結局、エレベーターの扉が開くまで深いキスをされて、体の力が抜けてしまった。

私を部屋に連れ込んだ理人さんは、嬉々として買ってきた包みを開けて、下着を取り出す。

「どれから試す？」

「試しません！」

「ふ～ん。じゃあ、着替えが必要にしようか」

にやりと笑った理人さんにまた捕まった。

「ふ、あ……ん、あっ、あ、だめっ……」

後ろから抱き込まれた私は、首筋を甘噛みされながら、胸を揉まれていた。全体を捏ねられながら、先端の尖《とが》りを摘《つま》まれると、快感が体を走って、じわっと濡れてくるのを感じた。

湿ったところに彼の手が伸びる。

布の上から割れ目を擦られ、先端の敏感なところをぐりぐりされると、じっとしていられず、私は身をくねらせた。

それが理人さんの愛撫を誘っているようで、ひたすら恥ずかしい。

くちゅくちゅと濡れた音がしだした頃に、理人さんはショーツを脱がせて、「ほら、ぐしょぐしょだ。これは洗わないとな」と楽しそうに言った。

ショーツがぽいっと投げ捨てられて、脚の間に熱くて硬いものが入ってきた。

膝を揃えて持たれると、秘部が擦られる。

「あっ、はあ、はあ、ああんっ」

体を揺さぶられて、恥ずかしい声が止められない。

しかも、耳もとで理人さんの色っぽい息遣いが聞こえると、ゾクッとした刺激が背中を這って、頭の中がショートしたようにチカチカした。

ひときわ強く体を押しつけられると、理人さんは悩ましげな吐息を洩らした。

「こんなことしていると、葉月の中に入りたくなるな」

私の耳を舐めながら、彼はつぶやいた。

先にお風呂をいただいて、理人さんが入っている間にメールをチェックすると、真柴さんから、明日の夜、お父様が話があるとおっしゃっていると連絡が来ていた。

お父様の話なんて、婚約者のことしかないだろう。

(そういえば、理人さんにお父様との話をちゃんとしてないわ)

慌てて、お風呂上がりの理人さんに話しかけた。

「この間、父と話したのですが、もしかしたら、理人さんを婚約者として認めてくれないかもしれません」

そう言って、お父様とのやり取りを話した。

この契約の理人さんのメリットは、私の婚約者の立場だと言っていた。それが履行できなかったら、彼にはこの契約に従う意味はなくなる。

それなのに、理人さんは薄い反応だった。

「いざというとき、葉月の婚約者という立場が役に立てばいいかなと思ってるくらいだから、別にいい」

「でも、それじゃあ、理人さんのメリットが……」

「まぁ、とりあえず、こうやって楽しんでいるし。葉月は結構な代償を支払っていると思うが？」

理人さんは笑って、ベビードールをピラリとめくった。

（代償は私？　それなら、もっと頑張らないと！）

「それじゃあ、なにか他にご奉仕した方がいいですか？」

真剣に聞いた私に、理人さんは呆れた目を向けてくる。

「お嬢様のご奉仕って、エロいな。意味わかって言ってるのか？」

「え？」

「やっぱりわかってないか」

苦笑した理人さんは私を押し倒した。

「俺は好きにやっているから、葉月は余計な気を回さなくていい」

口づけられ、また快感を与えられた。

◆◇

「初めまして。水鳥川葉月です」

「初めまして。高井大貴《たかいひろき》です。水鳥川社長のお嬢さんがこんな可愛らしい人だとは思わなかったなぁ」

日曜日、帰宅するなり、お父様に呼び出されて言われたのが、この高井さんとの会食だった。

段取りは秘書の河合さんに任せてあるとおっしゃって、すぐ話は終わった。

そして、金曜の仕事帰りに河合さんに連れてこられたのが、このレストランだ。河合さんは高井さんに私を引き合わせると、さっと帰ってしまう。

初対面の人といきなりふたりで食事なんて緊張すると思っていたけれど、商社マンだという高井さんはさすがに如才《じょさい》なく会話を盛り上げてくれて、なんとか和やかに会食は進んだ。

でも、ちょこちょこと違和感を覚えた。

私にはにこやかなのに、店員さんには横柄な態度で、やたらと「僕たち」を使う。

「僕たち」は違うよね、「僕たち」の世界では、と。

男性優位な発言もたまに飛び出して、お父様と同じ種類の人だなと感じた。

（理人さんは強引だけど、横柄じゃない。同じようなことを言っても嫌な感じはしない。なにが違うのかしら？）

名の知れたレストランで美味しい料理だったはずなのに、なにか味気なくて、このところの食事が楽しすぎたからだと気づいた。

気負いなく感じたままに感想を言えた。気がつくと自分のことや考えを話していて、それを自然に受け止めてもらえた。理人さんと一緒にいるのは心地よく、笑顔が自《おの》ずと生まれていたのだ。

（でも、彼は本当の相手ではないわ）

目の前の人に集中しようとする。高井さんのいいところ、共感できるところを探そうとした。

結局、微笑んでうなずくのが主な会食が終わって、疲れて帰宅する。

河合さんに、『考え方が合わないみたいなので、ごめんなさい』という趣旨のメールをした。

どうやら、私が気に入る相手が現れるまで、こうしたお見合いは続くようで、それから三人の方とセッティングされた。

どの方も自信に満ちていて、押し出しが強いタイプ。

それは別にいい。

でも、エリート意識が鼻につく人、私をやたらと持ち上げてくれるのだけど、周りを貶《けな》して自分を上げる人、食べ方が汚かったり、やたらとスキンシップが多かったりする人。

いずれも無理だと思った。

（スキンシップは理人さんで慣れてきたはずなのに。まぁ、それだけが理由じゃないけど）

理人さんは相変わらず、ふいに私を家に連れ込んでは、エッチなことをする。本当に人肌が好きみたいで、「葉月の肌は気持ちいい」と撫で擦りながら眠りにつくことも多く、抱きまくらになって寝るのにも慣れてきた。

（理人さんに触れられてもなんとも思わないのに、他の人だと生理的に無理だと思うのはなぜなのかしら？　慣れの問題かしら？）

それでも、他の人とあんなことをしている自分が想像できない。

理人さんにされたことを思い出して、ひとり赤くなった。

（平日は優秀で頼もしい上司なのに……）

今日の昼のことを思い出す。

投機銘柄として理人さんが仕込んでいた有価証券に、決算に影響するほどの売却益があって、四半期報を準備するこの時期、社内がざわついた。

「さすがだな、真宮部長」

宇部部長が理人さんの肩を叩いた。

「幹部会で会長が直々に褒めてらしたぞ」

「いえ、たまたま満期になった国債を利率のいい証券に片っ端から買い替えただけです」

理人さんは前に「葉月の会社はほとんど国債しか買ってないいじゃないか。こんなに金を遊ばせているなんて、儲かっている会社は余裕だな。これだったら買い換えるだけで簡単に利益が出せる」と言っていた。

それを見事に実行したのだ。

「それに水鳥川さんが手伝ってくれなかったら、こんなに迅速に動けませんでした」

「あぁ、水鳥川さんも頑張っていたもんな」

突然、話を振られ、びっくりする。

理人さんと宇部部長に見られて、慌てて首を振る。

「い、いいえ、私はただ言われたものを用意していただけで……」

「それが速くて正確で助かったよ」

「お役に立てて、よかったです」

仕事ぶりを認められて、うれしくなった。

理人さんが来てから、会社生活が充実していて楽しい。

彼関係で女性陣から妬みを買っていても余りあるほどに。

トントン――

ノックの音が私の回想を破った。

「真柴です。お嬢様、今よろしいでしょうか？」

「はい、どうぞ」

真柴さんが困ったような顔で入ってきた。

「こんな時間に申し訳ございません。旦那様がお呼びです」

「今ですか？」

「はい、申し訳ございません」

「いいえ、大丈夫ですけど」

時計を見ると、二十二時過ぎ。寝るには早いけど、呼び出されるのには遅い時刻だった。

（幹部会でお祖父《じい》様が理人さんを褒めたからかしら？）

思い当たるのはそれぐらいしかない。

理人さんはお祖父《じい》様がこの会社に誘ったらしいから、彼が活躍するのがおもしろくないのかも。

真柴さんについて、お父様の部屋へ行った。

「お呼びですか、お父様」

不機嫌そうにソファーに座るお父様に話しかけると、前置きもなく叱咤された。

「高井くんも工藤《くどう》くんもどこが気に入らない。わがままを言うな！」

やはりその件かと、ギュッと拳を握って、萎縮する心を奮い立たせる。

「前にも申し上げましたが、人間性に欠ける方は嫌です。横柄な人も嫌です！　私には理人さんがいます。それ以上の方を……」

ダンッ。

お父様がテーブルを叩いて、ビクッとする。

それでも、口を結んでお父様を見返したら、苛立《いらだ》った声で宣言された。

「あいつは駄目だ！　お前には必ず私が選んだ相手と結婚してもらう！」

そう言い放ったお父様は、意外にも私の希望を聞いてくれるつもりはあるようで、河合さんにヒアリングさせるから、条件を考えておけと言われ、部屋から出された。

（はぁ……）

自室のソファーに座って、溜め息をつく。

（理人さんがいてくれてよかった）

お父様が気に入られている方は、どなたも好きになれそうになかった。でも、理人さんがいなければ、お父様に押し切られてあの中の誰かと結婚することになっていただろう。

（それにしても、お父様はどうしてあんなに理人さんを拒否するのかしら？）

お祖父《じい》様に繋がるからだとは思うけど、いつもよりお父様が感情的になられている気がする。

ううん、理人さんは関係ない。私の本当の結婚相手じゃないんだから。

(結婚相手に求める条件……)

改めて考えてみる。

前に婚活サイトに登録する際に考えて、私個人としては結婚相手に求めることはそんなにないと思っていたのに、意外と私も好みがうるさいかもしれない、と思えてきた。

人間性に欠ける人は嫌。横柄な人も嫌。他人を貶《けな》す人も嫌。マナーが悪い人も嫌。嫌ばかりだ。

(理人さん以上の人……いるのかしら?)

自分で言っておいて、不安になる。

どちらにしても見つけないといけないのに。

私は私で、婚活サイトでやり取りを続けている人に会ってみようと思った。

◇◆

グループ企業の創業五十周年記念パーティーがあった。

オーナー家の一員として出席を義務づけられているから、理人さんにエスコートしてもらって、出席した。

濃紺のスーツに臙脂《えんじ》色のネクタイを締めた理人さんは落ち着きがある上にスタイリッシュで、女性客の視線を一手に集めていた。

そして、その側に寄り添っている私にも視線が飛んでくる。

私は腰から下にいくにつれ、水色から青のグラデーションになっているドレスを着ていた。ゆるやかに身に沿う形で裾だけ広がっている。

プロにお化粧をしてもらって、それなりにはなっているとは思うけど、到底、理人さんの隣を飾るには華やかさが足りない。

視線を避けるようにうつむいた私の耳に、理人さんが口を寄せてきた。

「うつむいたら、キスするって言っただろ？」

そんなことを言って、耳をちろっと舐めたので、バッと顔を上げた。

「り、理人さん！」

「大丈夫。耳打ちをしているようにしか見えないって」

「そういう問題じゃないです！」

抗議する私を楽しそうに彼は見つめた。

「葉月は綺麗なんだから、もっと自信を持て」

イタズラの後にそんな甘いセリフを言われて、頬が熱を持つ。

なんと返したらいいかわからず、口をパクパクさせた。

「仲が良さそうだな。肇くんにはなかなか認めてもらえんようだが」

「お祖父様《じいさま》！」

「会長、お疲れさまです。私の力不足でお恥ずかしいです」

「いやいや、私に対する反発だろう」

苦笑する理人さんと私に、お祖父様《じいさま》は直球で返される。

「後押しが必要か、葉月？」

そう言われて、思わず理人さんを見上げると、首を横に振るので、私も否定した。

「いいえ、もう少し様子を見ます。いざという時にはお願いしてもいいですか？」

「もちろんだとも。いつでも言ってきなさい」

「ありがとうございます」

そうやってお話ししていたら、「会長、そろそろ」と秘書の方が寄ってきて、お祖父《じい》様を連れていった。

お祖父《じい》様の挨拶を皮切りにパーティーはスタートした。

パーティーが始まると、しばらくは挨拶タイムだ。

私の隣にいるから、誰だという目で見られているのに、理人さんは堂々とさわやかに挨拶をこなす。

一柳さんも来たけど、私には軽く会釈して通り過ぎ、お父様と楽しげに話していた。

（よかった……）

これだけでも、理人さんに契約を持ちかけて本当によかったと思う。

一通り挨拶が終わって人がバラけてきたので、私たちも前方のスペースから、壁際の目立たないところへ移動することにした。

「あら、リヒト？　リヒトじゃない⁉」

突然、華やかな声に呼び止められる。

振り向くと、赤いドレスのゴージャスな美人さんだった。確かＦＵＪＩＴＡ《フジタ》コーポレーションの藤田《ふじた》社長だったかしら。

彼女は近寄ってきたかと思うと、親しげに理人さんの腕を掴んだ。

綺麗に整えられた爪先のビジューがきらめく。

「やだっ！　男っぷりが上がって、ますます私好みになったわね！」

（理人さんとお知り合いなのかしら？）

彼を見上げたら、苦笑気味ながら、よそいきの笑みを浮かべていた。

「ご無沙汰しております、理恵子《りえこ》社長」

「ご無沙汰どころじゃないわよ。いきなり行方をくらませたかと思ったら、こんなところで再会するなんて。あれからどうしてたのよ？」

「その節は大変お世話になりました。行方をくらましてはいないですよ。円満退社です。

あれからは普通に働いていました」

「いきなり連絡が取れなくなったじゃない。あんなに可愛がってあげたのに。せっかくだから、いろいろ聞かせてよ」

「大しておもしろい話はないですよ。それに、ここでは話せないでしょう?」

理人さんがちらっと周りを気にするそぶりをした。

確かに、藤田社長の甲高い声で周囲の注目を浴びてしまっている。

「それもそうね。じゃあ、飲みに行きましょうよ。この後、空いてる?」

「この後はちょっと……」

理人さんは目線で私を指し示した。

そこで初めて藤田社長の目が私に向いた。

「水鳥川興産のお嬢さんね。こんばんは」

「こんばんは、藤田社長」

「もしかして、この子を射止めたの? 逆玉じゃない! さすがやるわね」

なかなかあけすけにものを言う方だなと驚いた。

藤田社長は頭から爪先まで検分するように私を見て、気安く笑って言う。

「ねぇ、お嬢さん、今夜リヒトを貸してくれない?」

そう言われて困って、理人さんを見上げた。

にっこり笑い返してくれた理人さんが私の肩を抱き寄せて、代わりに答えた。

「すみません。彼女、こんな大人しい顔して、嫉妬深いんです。だから、勘弁してください」

「えぇー、いいじゃない。一時間だけ。どう？」

それでも、藤田社長は引いてくれなかった。にこやかにそんなことを言う。

どうやら理人さんは行きたくないらしいので、私も笑顔で答えた。

「昔の理人さんの話なら、私も興味あるので、ご一緒してもよろしいでしょうか？」

とたんに藤田社長は興ざめした顔になり、「二人のお邪魔になりそうだから、それならいいわ」と引いた。

「また今度ね、リヒト」と藤田社長が去っていくと、理人さんは小さく溜め息をついた。

「助かったよ、葉月。あの人、悪い人ではないんだけど、飲むとしつこく絡んでくるんだよ」

小声でそう言う理人さんに、私はからかうように言った。

「どういたしまして。私は嫉妬深いので、婚約者が他の女の人と飲みに行くなんて許せないですからね」

「この手はいろいろ断れて、意外と便利だな」

理人さんはにやりと笑った。

理人さんはパーティーの後、当然のように私を家に連れ帰った。

「理恵子社長に見られると困るだろ」と。

（名前呼びで、可愛がられて、絡まれるほどに飲みに行く関係ってなんなのかしら？）

タクシーの中でふと思う。

少し歳上だけど、本当なら理人さんの隣には、彼女のように輝きに満ちて自立した女性が似合う。

二人が並んだときにそう思った。

華やかで自信に溢れていて、理人さんと対等に話せる人。

理人さんを戸惑わせるなんて、私にはできない。

なんだかモヤモヤしているのに気づき、愕然とする。

（これじゃあ、本当に嫉妬深い婚約者だわ）

そっと隣の理人さんを窺う。

遠くを見つめるような綺麗な横顔。長い睫毛が瞳に影を落としている。

心なしか、今日は言葉数が少ない気がした。

昔の知り合いに会って、感慨にふけっているのかしらと思っていたのに、理人さんは部屋に入るなり、私にキスして首もとに唇を這わせた。「あー、ムラムラした」と、いたっていつもの彼だった。

「普段は隠れているうなじが出ているのは、そそるよなー」

首筋を舐められ、ゾクゾクする。

「でも、俺は葉月の髪も好きなんだ」

そんなことを言いながら、髪のピンを外していく。

しゅるりと髪の毛が肩に落ちてくる。

その髪を理人さんは手で梳くようにして弄《もてあそ》んだ。

「こうしていると出会った頃を思い出すな。葉月は青が似合う。あのときも青いドレスだったよな」

髪の感触を楽しんでいた理人さんが目を細めた。ふいに褒められ、動揺する。

（そんなこと、初めて言われた……）

「理人さんも青がお好きですよね」

ドレスを選ぶとき、ちらっとそう思った。

でも、だからって、これを選んだわけではないわ。

自分に言い訳する。

「そうだな。よくわかったな」

「それは……インテリアも青が多いですし、私服も青系が多いから……」

「そういえば、そうか」

理人さんが笑いながら、背中のファスナーを下げ、肩に手を這わすと、ドレスがストンと落ちた。

「あ、ぁあん、ふっ、あ、あ、ああん〜〜ッ」

私が仰《の》け反《ぞ》り、理人さんが満足げな溜め息を洩らした。

いつものように体を重ねて、お互いに達した。

私と自分を清めた理人さんが、まだ快感に打ち震えている私を抱き寄せた。

不埒な手が胸を弄《いじ》るので、快感がなかなか止まない。

（満足げ？　理人さんは本当に満足しているの？）

突然、疑念が湧いた。

私はこうして体を蕩けさせられているけど、理人さんはどうなのかしら。

たまに「中に挿れたい」と言うことはあっても、最後まではしない。

男の人の生理的なことはよくわからないけど、それって気持ちいいのかしら？

理人さんだったら、こんな中途半端なことをしなくても、いくらでもお相手はいるはず。

例えば、今日の藤田社長とか。

ボディタッチを躊躇《ためら》わない親しげな様子と、「あんなに可愛がってあげたのに」という意味深な言葉が蘇る。

昔、そういう関係だったの？

「なにを考えている？」

理人さんに聞かれて、つい思考がそのまま口から出てしまう。

「藤田社長って、素敵でしたね」

「なんだ、気になるのか？」

私の頬を指でくすぐって、理人さんが笑った。

「いいえ！　違います！」

慌てて頭を振って否定する。

（私たちは嫉妬する関係じゃないわ）

「ハハッ、そんなにムキになるなよ」

理人さんはいつものように、私の肌を楽しむように背中を撫でながら、髪に顔を埋《うず》めた。

そのままの状態で、ポツリとつぶやいた。

「理恵子社長はある意味、俺の黒歴史なんだ」

「黒歴史？」

らしくない言葉に驚いて、繰り返した。

顔を見上げようとしたら、キュッと頭と腕で拘束されて、頭が上げられない。

「大学の頃、金がなかったって言っただろ？」

「はい」

「大学入学直後に、親父が急に死んで、多大な借金が残った。おふくろはショックで寝込むし、妹はまだ八歳だった」

大学入学直後ということは十八歳。

(そんな歳で一家の大黒柱に！)

そんな状況に追い込まれた理人さんに、胸が痛んだ。

「とにかく金はないわ、時間はないわで、手っ取り早く稼ぐためにホストをしていたんだ。理恵子社長はその時の客だ」

彼がどんな顔をしているのか見えないけれど、ギュッとその背中を抱きしめた。

「それは大変でしたね……」

ありきたりなことしか言えない自分が悔しい。

ふっと理人さんが笑った気配がした。

「ホストに嫌悪感はないのかよ」

「そんなのありません」

「元ホストは、お嬢様の婚約者に相応《ふさわ》しくないんじゃないか?」

「関係ありません」

ふいに理人さんに顔を覗き込まれた。

鋭い瞳があやしくきらめいた。

「甘い言葉でお嬢様を誑《たら》し込むかもしれないんだぜ?」

「この状態で言います?」

「はは、違いない」

理人さんは笑って、また私の髪に顔を伏せた。

私の体を触って、「葉月の肌はしっとりしてすべすべで触り心地抜群だな。あー、癒やされる」なんてつぶやいている。

話はおしまいかと思ったら、またポツリと言葉が降ってきた。

「偽りの言葉に、偽りの笑顔。偽りの優しさに偽りの愛。なかなかに心が擦り減ったな……。そこで俺はかなり稼いだ。理恵子社長はとにかく金払いのいい客だったよ。要求もすごかったが。目標金額が貯まって、俺は一年でホストを辞めた。その金で投資を始めて、生計が成り立つようになったんだ」

切なくなった私は手を伸ばして、理人さんの頭を抱えた。当時のつらかった理人さんを助けてあげたかった。その代わりに、彼を甘やかすようにその頭を撫でた。

一瞬、息を詰めた理人さんは次の瞬間、クッと笑って、私の胸に顔を擦りつけたり、手で弄《いじ》ったりし始める。

だんだん、その手つきがあやしくなっていき、触れられる範囲も拡大していった。

「はっ、うん……」

またもや湿り出したところに触れられたとき、我慢しきれずに声を洩らしてしまう。口や手で愛撫され、トロトロになった頃、熱い塊がそこに触れた。押しつけられ擦りつけられ、気持ちいいけど、なにか足りない。キュンと私の中がそれを求めて収縮した。

「くっ、挿れたいな……」

腰を動かしながら、苦しそうな掠《かす》れ声で理人さんがささやく。

彼にしがみつきながら、喘ぎ声の合間になんとか言葉を絞り出した。

「あっ、ん……挿れても……いいんですよ？　ん、はぁ……、さほど大切に、守ってきた……わけでも、ないので」

できることなら理人さんを癒やしてあげたかった。その想いだけで、気がついたらそう言っていた。

私の言葉に彼は息を呑んだ。ちょっと悩んで、首を振る。

「……ん～、いや、やっぱり止めとく。っていうか、葉月はもっと自分のことを大切にしろよ。こんなことをしている俺が言う筋合いじゃないけどな」

苦笑した理人さんは動くスピードを上げると、自分を解放した。

三章　誕生日の夜

「昨日、真宮部長に話しかけられちゃった！」

「えー、いいなぁ」

「営業部の資料室のことを聞かれただけだけどね」

「真宮部長ってイケメンってだけじゃなくて、ソフトな物腰が素敵よね～」

「ほんと～。誰に対してもにこやかだし、紳士って感じ！」

休憩時間、給湯室で女の子たちが華やかな声をあげていた。

お茶を淹れようとやってきた私は立ち止まった。

「紳士」という言葉に噴き出しそうになる。

（本当はすごくエッチなんだけどね）

「こないだは技術部に顔を出してなかった？」

「なんか、仕事が落ち着いたから、社内のことを勉強したくて、ちょっとずつ他の部署を回っているんだって」

「へー、ステキ！　やっぱりできる男は違うわねー」

「お嬢様だけに独占させとくにはもったいないわ！」

自分の話が出てきたので、給湯室を使うのはあきらめて、自販機に行くことにした。

契約をお願いしたときに、理人さんはなにか調べたいことがあると言っていた。

そのために動き出したのかもしれない。

（転職してまで調べたいことって、なんなのかしら？）

カフェオレを買ってきて席に戻ると、真面目な顔でパソコンを操作する理人さんが見えて、くすっと笑ってしまった。

「なんだ？」

「いえ、給湯室で女の人たちが『真宮部長は紳士だ』って言っていたので、おかしくて」

「俺はどこから見ても紳士だろ？　会社ではな」

理人さんはにやりと口の端をあげた。

二人きりの時の理人さんを思い出して、私の方が赤くなってしまった。

でも、あのパーティーの日から、彼の部屋には行っていない。誘われていないから。

あれから、一ヶ月ほど経った。

理人さんが感傷的になっていたのはあの時だけで、翌朝にはいつものエッチで軽妙な彼に戻っていた。

平日も真宮部長として、相変わらず遠慮なく仕事を与えてくれる。

彼の態度はいつもと全然変わりないはずなのに、どこか距離を取られているような気がした。

もしかしたら踏み込みすぎてしまったのかもしれない。

理人さんは人に弱みを見せたくないタイプに見える。なのに、うっかり私に過去を話してしまったことを後悔しているのかもしれない。


「ご依頼のマブチ機械工業の資料です。あと、この業界の新製品情報もまとめてみました」

「あぁ、ありがとう。助かるよ」

理人さんはデータを依頼する時に、ちゃんとなんのためか説明してくれる。だから、頼まれるうちに彼がどんな情報を欲しているのかがなんとなくわかってきて、プラスアルファの資料も出してみた。

早速、理人さんが目を通してくれるので、うれしくなってもうひとつ用意していたデータも取り出した。

「この間調べられていた技術関連の企業をリストアップしてみました。この辺りが有望かと思いまして」

頼まれてもいないリストに、余計なことをするなと言われるかとビクビクしていたら、理人さんは興味深そうに眺めて、微笑んだ。

「葉月はなかなかセンスがあるな。ふ～ん、検討の余地がある。じゃあ、この会社の情報を集めてくれ」

早速、追加情報を求められる。

（褒められた！　理人さんはちゃんと私を見て、認めてくれる。お父様とは違うわ）

さらに役に立ちたいという欲が生まれて、理人さんの領分に踏み込んでみたけれど、それを評価されて、舞い上がった。

「せっかくだから、この間のバイオ関連企業で、葉月の思う有望株を調べてみろよ」

「はい！」

ハイレベルな宿題が出て、私は張り切った。

自分で考えて動くのは楽しい。

そうして意欲的に仕事をする傍ら、お父様のセッティングした相手と会食したり、今週末は、思い切って婚活サイトでやり取りしている人と会うことにしたりして、予定が詰《つ》まっていた。

今週も理人さんから誘われることはない。

私をものめずらしく思う期間は過ぎて、プライベートでは飽きられてしまったのかもしれない。私におもしろみはないから。

『それでは、明日の十八時にルヴィエホテルのスカイレストランでお待ちしています。田代《たしろ》の名前で予約していますから』

『わかりました。楽しみにしています』

『僕もはづきさんとお会いできるのを楽しみにしています』

◇◆

婚活サイトで何度かやり取りをしていた田代さんと会うことにした。ベンチャー企業の社長だそうだ。

文章だけのやり取りしかしたことがなかったけど、ガツガツしたところがなくて、言葉遣いも丁寧だし、会ってみてもいいかなと思った。惹かれるものがあるというより、条件的によくて、印象にマイナスがなかったから。

季節は夏になったというのに、まだ結婚相手の候補すらいなくて、少し焦っていた。理人さんとの約束は一年。もう三分の一が過ぎようとしている。

嫌な感じのしない人なら、会ってみるくらいはいいかとも思った。

当日、お気に入りのスカイブルーのワンピースを着た。

『葉月は青が似合う』
ふいに理人さんの言葉が頭を掠《かす》めた。
（違う。もともとお気に入りの服よ）
丁寧に髪を梳いていると、『綺麗な髪だな』という声が聞こえる。
さっきから、私の中の理人さんがうるさい。
溜め息とともに彼を頭の中から追い出す。
化粧をして、アクセサリーをつけて、鏡でチェックした。
清楚だとは言われるけど、華やかだとは言われたことのない容姿。
自分の要望ばかり考えていたけれど、私は選ばれるような条件を持っているのかしら？
背景だけは立派だけど、しがらみも多い。
お父様が選んだ人以外に、私を選んでくれる人はいるのかしら？
つい下を向いてしまって、また『うつむくな』という理人さんの幻の声に顔を上げた。
溜め息をついて、外に出た。
車でホテルまで送ってもらって、帰りはタクシーで帰るからと告げて降りた。
指定されたレストランは最上階のグリルレストラン。窓から見える夜景が素敵なところだった。

入口で予約名を言うと、その絶景が見える窓際の席に案内された。

そこにはすでに田代さんが来ていて、私を見ると微笑んで立ち上がった。

上背はそんなにないけれど、がっしりした体格で、短髪に彫りの深い目鼻立ちの男らしい人だった。

文章からなんとなく細面の人を想像していたから、私の印象って当てにならないと思った。

「初めまして。田代です」

「初めまして、葉月です」

お互いに会釈をして、席につく。

最初はフルネームを明かさない方がいいかと思って、「はづき」としか言っていない。名字を出すと、一発で身バレしてしまうから。

田代さんの方も同じなのか、名字しか知らされていない。

「はづきさんがこんなに清楚で可愛らしい方だとは思っていませんでした！　ラッキーだなあ。お会いできて、本当にうれしいです！」

「……ありがとうございます。こちらこそ、お忙しい中、時間を取っていただいて……」

田代さんが大声で両手を広げて大袈裟に褒めてくれるから、いきなり戸惑ってしまった。

「まずは乾杯しましょう！　はづきさん、ワインは大丈夫ですか？」

「はい」

赤ワインで乾杯して、食事を始める。

田代さんは私の趣味を聞いてあまり盛り上がらないと悟り、ご自分の仕事の話や、最近行った旅行の話をしてくれた。

私はワインをちびちびと飲みながら、相槌《あいづち》を打っていた。

田代さんは私が一口飲むごとに、ワインを注いでくれて、思ったより飲んでしまった気がする。

文章と同じで、田代さんには声が大きくてオーバーアクションという他には、可も不可も感じなかった。

だからといって、結婚できるかというと、そんな決断をする自信もなかった。

（もちろん、一回会っただけで決められるとは思っていないけど、世の中の人はどうやって決めているのかしら？）

食事が終わって、田代さんがテーブルでさらっと会計を済ませてくれた。

「ごちそうさまです」

「いいえ、楽しい時間をありがとうございました」

帰ろうと立ち上がった時、くらっと来て、テーブルに手をついた。思った以上に飲みすぎていたのに気づく。

「大丈夫ですか？」

田代さんが支えるように、私の腰に手を回した。

「大丈夫です！」

ゾワッとして、さり気なく身を引く。その拍子にぐらついて、また腰を抱き止められてしまう。

にこやかな表情を崩さないところを見ると、田代さんは親切心で支えてくれようとしているのかもしれない。

振り払うわけにもいかず、そのまま店を出ると、エレベーターに乗った。

タクシーに乗ってしまえば、家に着く。

それまでの辛抱だと思った。

エレベーターの扉が開き、誘導されるように降りて歩き出したところで、そこがロビーではないことに気づく。

客室のドアが続いている宿泊階だった。

戸惑う私を田代さんがどんどん誘導していく。

「あの……どこへ？」

「ゆっくりできるように部屋を取っていたんです。はづきさんはだいぶ酔っているみたいなので、部屋で休んでいきませんか？」

にこにこと言われて、頭の中が真っ白になる。

「え？　結構です！」

「まぁ、そう言わず」

背中を押されて、鳥肌が立った。

周りを見回しても人影はなく、田代さんの笑顔が急に怖くなる。

「あの、私、帰ります」

そう言ったとたん、田代さんの表情が変わった。

笑顔なのに目が笑っておらず、口もとを歪めた嫌な顔に。

「ここまで来ておいて、それはないだろ」

低い声で言われて、ビクッとして彼から離れた。

「私、そんなつもりじゃ……」

「じゃあ、どんなつもりでここにいるの？」

そう言って、田代さんは私の腕を掴む。

「ほら、行こう」

腕を引っ張られて、「イヤッ」と振り払い、駆け出した。

位置的に、エレベーターと反対側に走り出してしまい、どこに逃げたらいいのかわからない。

ふらつく足ではすぐ捕まってしまうだろう。

現に、真後ろに田代さんが追ってきていた。

視線の端に化粧室のプレートが目に入って、そこに飛び込んだ。

そのまま個室に入って、鍵を閉める。

「クソッ」

女子トイレにまで入ってきたらしい彼が、扉をダンダンと叩く。

万が一、鍵を壊されても開かないように、背中でドアを塞いで、それに耐えた。

ドアを叩く衝撃がもろに背中にきて、ガクガクと震える。

田代さんはしばらく叩いたり、ドアノブをガチャガチャやったりしていたけれど、あきらめたのか、静かになった。

私はその場にへなへなとしゃがみ込んだ。

涙が溢れてくる。

(怖かった……)

自分の迂闊《うかつ》さを呪う。

それでも、まだ出ていけない。すぐそこに田代さんがいるかもしれないからだ。

(どうしよう……。警察に電話する?)
でも、こんなことで警察に電話していいものかと思い、通報する勇気が出ない。
しかも、さっきから、助けを求めたい人の名前が頭の中をこだまする。
(理人さん……、理人さん……)
酔っている上に動揺して、その人の名前しか出てこなかった。
彼は助けを求めていい相手じゃない。
酔っていても、それはわかっている。
(でも、声を聞いたら落ち着くかも。いつも彼の言葉に励まされるし)
そう思ったら、理人さんの声を聞くことしか考えられなくなった。
(五回コールするだけ。それだけ。それで出なかったら、あきらめよう)
震える手で、スマホを取り出して、理人さんの番号を呼び出す。
私からかけるのは初めてなのに気がついた。
一コール、二コール、三コール……
(出ない……)
四コール、五コール……
やっぱり出ないと電話を切りかけた時——
『どうした、葉月。めずらしいな?』

聞きたかった声が聞こえて、新たな涙が出てきた。

「あ……」

なんと言ったらいいか、言葉に詰まっていると、『ちょっとリヒト！　なに電話なんかしてるのよ！』と向こうから女の人の声が聞こえた。

そうだった。この人には助けを求めてはいけない。

最近、誘われないのは私が必要なくなったからかもしれない。ちゃんと発散するところができて。

「……ごめんなさい。間違えました。お邪魔して、すみませんでした」

そう言って、私は電話を切った。

間違いだと言ったのに、理人さんはすぐ電話をかけ直してくれた。

「葉月、なにがあった？　どこにいる？」

「……ルヴィエホテルです」

「近いな。すぐ行く」

「どうして……？」

「今、理恵子社長に捕まっていてな、葉月に呼び出されたって言って逃げてきたんだ。だから、お前のところに行かないといけないんだ」

優しい言い訳をしてくれる理人さんに、嗚咽《おえつ》が洩れそうになる。

来てくれようとする気持ちだけでうれしい。

「ホテルのどこにいるんだ？」

「……化粧室です」

「なに⁉　気分が悪いのか？　大丈夫か？　まず、ホテルマンを呼べよ！」

「あぁ、そうですね。ホテリエを呼ぶので、来てくださらなくても大丈夫です。ありがとうございました」

私は返事を聞く前に電話を切った。

（外線でホテリエを呼べばいいんだわ。どうして気づかなかったのかしら？　バカね）

答えはわかっている。

理人さんに電話したかったから。

彼に縋りたかったから。

本当は期待していた。彼が来てくれるのを。

（思わせぶりな電話をして、私はなんて迷惑な女なのかしら……）

どっぷり後悔して、沈み込んだ。

でも、いつまでもここにいるわけにもいかない。気を取り直し、ホテルの電話番号を調べてフロントに電話した。

『はい。ルヴィエホテル、フロントでございます』

「すみません。今……そちらの化粧室で動けなくなってしまって、申し訳ありませんが、どなたか人を寄こしてもらえませんか?」

『承知いたしました。お客様は何階にいらっしゃいますか?』

「あ……、それがわからなくて……」

『それでは、個室の中に非常ベルがございますので、そちらを鳴らしていただけますか? 大丈夫でしょうか?』

言われてみると、『気分の悪くなった方は押してください』というボタンがあった。

(最初からこれを押していたらよかったんだわ……)

思い切って、そのボタンを押した。

大きく音が鳴り響くのかと思ったら、通報するだけになっているのか、点滅しただけで、少し安堵した。

「今、押しました。お手数をおかけして、ごめんなさい」

『とんでもないことです。すぐ係の者が伺いますので、ご安心ください。なにかご用意するものはございませんか?』

「大丈夫です。ありがとうございます」

テキパキしたホテリエと話していると気持ちが落ち着いてきた。

感謝して電話を切ろうとしたら、ホテリエはなおも質問してくる。会話を続けようとしているようだった。もしかしたら、誰かが来るまで私の意識を保とうとしてくれているのかもしれない。

私は申し訳ない気持ちでいっぱいになった。

『お客様、お加減はいかがですか？　病院に行かれますか？』

「いいえ、大丈夫です。気分が悪いだけなので、タクシーで帰れます」

『それならよかったです。なにかあれば、お気軽にお申しつけくださいね』

そう話している間に人の気配がして、ドアがトントンとノックされた。

「ご連絡いただいたお客様ですか？」

「葉月、いるのか？」

ホテリエだけだと思っていたら、理人さんの声がして、息を呑んだ。

「理人さん？」

慌てて鍵を外してドアを開ける。

（理人さんがいる！）

少し乱れた前髪に、額《ひたい》に浮かぶ汗。彼が急いで来てくれたのが見てとれる。

胸がいっぱいになった。

私の顔を見た理人さんは、まだ涙で濡れたままの頬に触れた。

（いけない！　泣いていたのがわかってしまった）

焦った瞬間に、抱きしめられた。

彼の匂いに包まれ、安心感で、息が止まりそうになる。

(理人さん！　理人さん……！)

心から安堵して、彼にしがみついた。

そして、衝撃的なことに気づく。

(どうしよう……私、理人さんが好きだわ……)

また涙が出そうになって、彼の胸に顔を押しつけた。

彼は優しいだけなのに。

契約があるから私を構ってくれているだけなのに。

(この気持ちが報われることはない)

理人さんは強《こわ》ばった私の後頭部を撫でて、「なにがあった、葉月？」と聞いてくれた。

どこまで言おうか迷う。

「言ってみろ」

穏やかだけど有無を言わせない口調に、素直に言ってしまう。

「……婚活の相手と食事したら、酔ってしまって、休んでいこうと強引に部屋に連れていかれそうになったんです。それで、ここに逃げてきて……」

ギュッと抱きしめる腕に力が入った。

「ここの防犯カメラの映像って、記録していますよね？」

　理人さんが振り返って、ホテリエに尋ねた。

「はい。二十四時間保存してあります」

（防犯カメラ？）

　疑問に思った言葉は、直後の理人さんの問いかけで解消した。

「警察に届けるか？」

「い、いいえ！　なにもされていませんし、油断した私も悪かったんです……」

「だが、そういうやつは今までも同じようなことをしているだろうし、放っておいたら、今後も似たような被害者が出るぞ？」

「……運営サイトに通報します」

「そうか」

　理人さんはまた私の頭を撫でて、ホテリエに「もう大丈夫です。お手数をおかけしました」と言った。

　私も慌てて顔を上げて、お礼を言う。

「ありがとうございました。ご迷惑をおかけしました」

「とんでもないことでございます。なにかございましたら、お声掛けください」

　そう言ってくれて、ホテリエは立ち去った。

「大丈夫か、葉月?」

心配そうに理人さんが覗き込んでくる。

私はうなずいて、彼から離れた。

「もう大丈夫です。理人さんにもご迷惑をおかけして、本当に申し訳ありませんでした」

下げた頭をポンポン叩かれる。

「気にするな。仮にも婚約者なんだろ？」

「でも、それは……」

「いつまでもここにいるのは具合が悪い。帰るぞ」

言われてみれば、ここは女性用の化粧室だ。理人さんには居心地が悪いに決まっている。

「す、すみません！」

「いや、こうも堂々と女子トイレに入る日が来るとはな」

謝る私に、理人さんはおもしろがるように笑った。

タクシーに乗ると、理人さんは手を出して、「相手の連絡先を出して、スマホを貸せ」

と言った。

婚活サイトの通信画面を出して渡すと、彼はなにか打ち込んで送信した。

「代理人と称して『防犯カメラの映像を押さえている。今後同じようなことをしたら、公開する』って書いといた。少しは抑止力になるだろう。ついでに、運営にも通報しよう」

理人さんはサイトに情報を送ったあと、スマホを返してくれた。

その間にタクシーは理人さんのマンションに着く。

ひとりでいたくなかったから正直うれしいけど、これ以上、理人さんのお邪魔になるのは申し訳ない。このままこのタクシーで家まで乗せていってもらおうとしたら、理人さんがさっさと会計を済ませてしまった。

「葉月は余計なことを考えずに、たまには甘えろよ」

私の考えを見透かしたように笑って、理人さんは私の肩を抱き、部屋に連れ込んだ。

「お茶でも飲むか？」

私をソファーに座らせ、理人さんは温かいお茶を用意してくれた。

日本茶の芳香とまろやかな甘みが気持ちを静めてくれる。

「甘えろ」と言った通り、理人さんは私を甘やかしてくれるつもりのようで、私をひょいと抱き上げると膝の上に乗せた。

「り、理人さん……！」

慌てる私に、「どうしてほしい、葉月？」と、理人さんが耳もとで甘くささやく。

理人さんが優しすぎて、切なくなった。

（どうして、契約上の婚約者にこんなに優しくしてくれるの？）

好きと自覚してしまった状態で、この扱いは、心が苦しくて。

でも、うれしくて。

いろんな気持ちがないまぜになって、私の容量はいっぱいになってしまった。

なにも言えずに、ただ理人さんを見つめる。

「ん、どうした？　そんな艶っぽい顔して。今ならなんでもしてやるぞ？」

そちらの方がよっぽど色気の滴る流し目で見返される。

（なんでも？）

酔いとショックと甘えがミックスして、つい願望を口にしてしまった。

「理人さん……。抱いてください……最後まで」

彼の動きが止まった――

なぜそんなことを言ってしまったのか。

理人さんの表情を見て、とても後悔した。

今だったらお願いを聞いてくれるかもしれない、なんていうずるい女の計算だったのかもしれない。

「この間も言ったが、葉月はもっと自分を大事にしろ。安易に処女を捨てようとするなよ」

呆れたように、理人さんは私の額《ひたい》をつついた。冗談で済まそうとしているようだ。

「いつも挿れたいって言われてるじゃないですか」

拗ねるように言って取り繕うと、理人さんは髪を掻《か》き上げて、「そりゃ言っているが。そういうことじゃないだろ」と咎《とが》めた後、いつもの強い視線で私を見た。

「あのな、結婚相手はしがらみが多すぎて自由にならないだろうが、せめて初めてぐらい好きになったやつとしろよ」

「好きな人……」

思わず、理人さんを見つめてしまう。

理人さんがハッと私を見直した。

「マジかよ……」

また髪を掻《か》き上げて、理人さんは天を仰いだ。

一瞬でバレてしまった。

私の気持ちが……。

急に身を離した理人さんはガシガシと髪の毛を掻《か》きながら言う。

「あー、悪い。俺が悪かった。お嬢様が割り切った関係なんて、無理だったな。優しくしすぎた」

そして、少し意地悪な表情で続けた。

「そばにいるうちに好きになったか？　葉月は単純だな。もしかして、隣の席のやつを好きになるタイプか？　席替えのたびに好きなやつが変わったりして？」

「ずっと女子校なので、そんなことありません」

「ハハッ、相変わらず真面目な返事だなぁ。それじゃあ、俺に弄《いじ》られているうちにその気になったとか？」

「そんなんじゃありません！」

（割り切った関係……。私が持ちかけたのはそういう関係だったわ。なにを期待していたのかしら）

冷徹な顔が私を見下ろしている。

理人さんに気持ちがないのはわかっていたけど、改めてこうやって思い知らされると、胸がつぶれそうになる。

それでも、未練がましく言ってしまった。

「さっきの理屈で言えば、あなたに処女をあげてもいいじゃないですか」

「悪いな。処女は抱かない主義なんだ。俺には重い」

そこまで言われて、耐えきれず、目を伏せる。

（重い……。そうよね。その気がない相手に想われても迷惑よね）

個人では誰にも選ばれない存在の私。

せめて理人さんに軽い気持ちでいいから、抱いてほしかった。

悲しい想いが胸に広がって苦しくなる。

うつむく私の顎を持ち上げ、理人さんは私を覗き込んだ。

からかうような表情が急に真剣なものになった。

「葉月はいい女だ。だから、俺なんか、やめとけ。俺にはそんな価値はない」

彼の瞳が陰る。

（どうして、どうしてそんなことを言うの？）

そんなに優しいとあきらめられない。その優しさにつけこみたくなり、思わずつぶやいた。

「……さっき処女を奪われていたら、抱いてくれましたか？」

ドサッ――

いきなり両肩を掴まれ、ソファーに押しつけられた。

今までにない乱暴なしぐさに驚く。

「そういうことを言ってるんじゃないだろっ！」

覆いかぶさるようにして顔を近づけてきた理人さんに思い切り怒鳴られて、身をすくめた。

初めて見る彼の苛立《いらだ》った不機嫌な顔。

鋭く眇められた目に息を呑む。

「ごめんなさい……」

「おい、泣くなよ！」

「泣いていません！」

（泣いてない。まだ泣きたくない。これ以上、理人さんを困らせたくない。呆れられたくない）

そう思って、ぐっと目と口に力を入れて、涙をこらえる。

「……ごめんなさい。帰ります」

謝って、彼の下から抜け出た。それ以上口を開くと涙がこぼれそうで、無言でお辞儀をして、彼に背を向ける。

それなのに――

ぐいっと手を後ろに引かれて、抱きしめられた。

「くそっ、なんなんだ！」

理人さんは私を胸に囲いながら、悪態をつく。

私の方こそ、理人さんの行動の意味がわからず、茫然《ぼうぜん》とする。

拒絶された直後に与えられた温もりに、どうしていいかわからない。

「あー、マジで調子狂う！　まいったな……」

私を引き止めたくせに、本当に困ったような声で、理人さんはつぶやいた。そして、しばらくなにかを考えていたようだったけど、ふいに私の頬に手をあて、上向かせた。

めずらしく困惑したままの彼の瞳が私を見つめる。

「俺はお前を泣いたまま帰らせたくないんだ。そのためにここに連れてきたのに、そんな顔をするなよ」

彼はなぜだかふてくされた顔をしていて、それなのに、優しく髪を撫でられて、我慢しきれなかった涙がぽろりとこぼれた。

理人さんが唇でそれを拭《ぬぐ》ってくれる。

涙を追いかけて下がってきた唇は、私のそれと重なった。

慰めるように、官能を呼び覚ますように、唇に吸いつかれ、背中を撫でられる。

はぁと溜め息をついた理人さんは、私を見下ろし、ささやいた。

「来いよ。抱いてやる」

言葉の意味を理解する前に、また深いキスをされた。

彼の細められた瞼から覗く強い光にゾクリとする。

いつの間にか、彼の瞳にはいつもの強い意思が戻っていた。

(どういうこと？　処女は抱かないって言ってたのに)

混乱したまま、私は寝室に連れていかれ、ベッドに押し倒された。

唇を何度もついばまれ、愛撫され、服を脱がされる。

なにが彼の気を変えたのか、なにを考えているのか、さっぱりわからない。

ただ、わかるのは理人さんが本気で私を抱こうとしているということだけ。

なにもかもままならない私に同情してくれたのかしら?

契約の婚約者に縋るしかできない私に。

(それでもいいわ。初めてを好きな人にもらってもらえるのなら、それだけでうれしい)

私は彼の愛撫に身を任せた。


「んっ、んんっ、はぁ……」

深く口づけられて、官能の息を洩らすと、理人さんにキスの距離で甘く微笑まれて、動悸が激しくなる。

(いつもより眼差しが優しく感じてしまうのは願望かしら?)

そんなことを思っているうちに、本格的に愛撫がはじまる。

「あん……やっ、んんっ」

彼の手で淫らに形を変えられた乳房のてっぺんを甘噛みされて、身をくねらせ、甘い声をあげた。

胸を弄《いじ》っていた手が下りてきて、蜜を垂らしているところに触れた。理人さんは指に蜜をまとわせるように動かし、その先の尖りに塗りつける。

「ああッ」

敏感なところを探られて、腰が跳ねる。

くるくると周りを辿られ、ピンと弾《はじ》かれるたびに、わかりやすく反応してしまう。

いつもはそこを徹底的に攻められるのに、今日はほどほどに刺激すると、不埒な指は移動した。

私の未知の場所へと。

「んっ……」

理人さんの指が私の中に入ってきて、慣れない感覚に思わず声が出た。

「痛いか？」

乱れた髪を梳いてくれながら、理人さんが聞いてきた。

「大丈夫です」

止めてほしくなくて、慌てて首を横に振る。

それを見た彼は笑って、指を動かし始めた。

すっかりいつもの理人さんに戻っていて、行為を楽しんでいる様子だった。

相変わらず、彼は切り替えが早い。

でも、その手つきは優しく、丁寧に私をほぐしてくれている。

中を擦られながら、目尻や耳もとに軽いキスが連続して落ちてきて、くすぐったくて気持ちよくて、腰が揺れてきてしまう。

「あっ、んっ、んんっ……」

「ここがイイのか？」

指を曲げてトントンとされたところから快感が広がって、身悶えた。なにかに縋りつきたくて、手をシーツに這わせ、掴む。

彼が指を動かすたびに、蜜が溢れて滑りがよくなり、ちゅぽちゅぽという恥ずかしい水音が響き出した。

「理人さん、もう……」

私は恥ずかしさと彼の気が変わってしまう怖さに、彼をねだった。

「焦るな。ちゃんと抱いてやるから」。

あやすように頬を撫でると、理人さんは指を二本に増やした。

「ああん」

中が広げられる感触に、身をくねらせる。私の痴態に楽しげな理人さんは、中で指を広げたり、擦り上げたりして、私を慣らしていった。

そして弧を描いた唇は、私の耳や首筋、胸を這い回り、私の感度を高めていく。

弄《いじ》って擦って、溶かして解《ほぐ》して。

散々彼の指に慣らされたあと——

「そろそろいいか」

理人さんがつぶやいたときには、何度かイかされた私は快楽の塊のようになっていて。

彼が触れるところすべてが気持ちよくなっていた。

理人さんは私の膝裏を持ち、大きく脚を広げた。

大事なところが丸見えになった上に、理人さんの指が私の割れ目を開くように辿るから、私は真っ赤になる。

「ふ、ぁああん……」

甘ったるい声が私の口から洩れると同時に、触られたところからまた蜜が溢れる。

そこに熱いものが擦りつけられた。

「……葉月」

うっとりするような優しい声で、名前を呼ばれた。

強い瞳は熱情に塗《まみ》れ、まるで求められているかのようだった。

「理人さん……」

――好き。

溢れそうな気持ちに蓋をして、ただ彼を見つめる。

きっと重い気持ちは必要ないから。

避妊具をつけた彼のものが私の中心に宛《あ》てがわれる。

ゆっくり彼が腰を落とすと、熱くて硬いものが私の中に入ってきた。

「……っ！」

理人さんに押し開かれ、裂けるような痛みに悲鳴を呑み込み、シーツを握りしめていたら、指を絡められた。

理人さんの顔が真上にあって、眉をひそめて私を見ている。

「痛いか？　悪いな。どうやったって、痛いんだろ？」

「ごめんなさい」

「謝るところじゃない」

ぞんざいな口調の割に優しいキスが降ってきて、痛みから少し気が逸れる。

「一気に貫くのと、じわじわいくのとどっちがいい？」

理人さんがそうささやいた。

中途半端な状態がつらくて、私は「一気に……」と答えた。

「一気にね。了解。葉月はたまに大胆になるんだよな」

ニヤッと笑って、理人さんはぐっと腰を下ろした。

「あ、ぅんんっ……！」

鋭い痛みの後、奥まで満たされた。

「入ったぞ」

理人さんが握っていた手を放し、褒めるように私の頬を撫でてくれる。

彼が私の中にいて、彼を受け入れていると思うと、自分の体も愛しく思えてくるから不思議だ。

キュンとした瞬間、理人さんがまた眉を寄せた。

「大丈夫ですか？」

「バカ。それは俺のセリフだ。大丈夫か？」

涙が滲《にじ》んでいたようで、理人さんが親指でそれを拭ってくれる。その優しい仕草に息が苦しくなる。

（いつの間にこんなに好きになっちゃったのかしら……）

幸せで胸が痛かった。

「大丈夫です。理人さんは気持ちいいですか？」

「あぁ。葉月の中はやわらかいのに吸いついてきて、むちゃくちゃ気持ちがいい」

（よかった）

安心して微笑むと、キスされた。

髪に沿わせるように撫でられ、切れ長の目が甘く細められる。

「葉月は可愛いな」

その言葉に、本気で泣きそうになる。

そんな気遣いはいらないのに。

理人さんは私の痛みが引くのを待っていてくれているようで、腰は動かさず、首筋に口づけていきながら、胸を揉みしだき始めた。

「あっ、うぅん、あんっ……」

快感を与えられると、彼を受け入れているところがうごめいて、快楽を増幅する。

先ほどまでの痛みが嘘みたいに引いて、逆に体が疼いた。じっとしていられなくなって、「理人さん……」とねだるようにささやいた。

「もう大丈夫みたいだな」

私の様子を見て、理人さんが口角を上げた。

理人さんはもう一度、手と手を握り合わせ、腰をゆっくり動かした。

ズズッと引き抜かれ、ゆっくり戻される。

「あ……、んん……」

頭が痺れるような気持ちよさに、声が洩れる。

私のあちこちにキスを降らせながら、理人さんはだんだん動きを速めていった。

「あん……、あ……、あっ、はぁ、ああっ」

すでに似たようなことをしていると思っていたけれど、体を繋げる行為は全然違っていた。自分の奥底を突かれて擦られ、理人さんを深く感じてしまう。

「……理人さん……理人さん……」

私はいつの間にか必死で彼にしがみついて揺さぶられていた。彼もそれに応えて、私を抱きしめてくれる。

ピタッと身を合わせながら、腰を動かし、快楽が突き抜け頭の中が真っ白になった瞬間、彼のものが大きくなって弾《はじ》けた気がした。

ハァーと息をついて、キスをしてから、理人さんが出ていった。

その刺激でさえも気持ちよくて、体が震える。

理人さんはそんな私の頬を撫でた後、その手で額《ひたい》の汗を拭った。

「葉月、明日はなにか用はあるか？」

呼吸を整えながら、好きな人に抱かれた幸福感に浸っていると、突然聞かれた。体を弛緩させ、シーツに沈み込んだまま、彼を見上げる。

「……？　特にないです」

疑問に思いながらも答えた私に、理人さんはにやっとして言った。

「じゃあ、大丈夫だな」

「え？」

「散々我慢したんだ。もうちょっと付き合え」

そう言うと、ゴムを着け替えて、理人さんはまた私の中に入ってきた。

「あ、ん……」

最初と違って、ぬかるんだままの私の中は、あっさりと彼を受け入れる。痛みは少しもなく、それどころか、先ほどの余韻を残していた私の体は歓喜に震えた。

「葉月の中はやばいな。とんでもなく気持ちがいい」

すっかりいつものエッチな理人さんだ。そのとき悦《よろこ》んだ私の中が彼をきゅうきゅう締めつけたのがわかった。

「そんなに締めるな。すぐ出したくなるだろ」

「ごめ……」

「謝るな。気持ちいいって言っているだけだ」

なだめるように髪を撫でた理人さんは私を抱き起こした。

私は彼に跨《また》がるように座った姿勢になり、彼のものが深くなる。

「あぁん……」

背を反らす私の胸に、理人さんは顔を擦り寄せて、先端をついばむ。

そうしながら秘部同士を擦るようにされると、外側も中側も刺激されて、あっという間に、私は絶頂に追い上げられた。

結局、いつものように何度も溶かされる。うとうとしながらお風呂をいただいたところまでは覚えていたが、気がついたら、理人さんの腕の中で眠っていた。

朝方ふっと目覚め、下腹部の違和感に気づく。

(昨夜、理人さんに抱かれたのは夢じゃなかった)

自然に頬が緩んだ。

横には目を閉じた理人さんがいて、その整った顔に笑みを浮かべている。愛しさにそっと口づけた。

「……っ！」

直後に自分の行動に驚いて、目を瞬く。

『葉月はたまに大胆になるんだよな』

理人さんの笑い声が聞こえる。

私は愛しい人の胸に顔を寄せ、もう一度、瞼を閉じた。

次に起きたときには、隣に理人さんはいなかった。

時計を見たら、十時近くて、ずいぶん寝坊してしまったと飛び起きた。

クローゼットから服を取り出し、着替えてから、洗面所に行く。

洗顔をしながら、彼の部屋に私のものが増えてきたのに気づいて、うれしいような切ないような気分になる。

化粧水なども私の持ち込んだもので、前から置いてあったものはいつの間にか処分されていた。

彼の生活に入り込ませてもらえているのはうれしい。

でも、契約が終わったら、きっと新しい彼女のために、そうやって私のものも捨てられるのだろうなと思うと胸がズキリと痛む。

(なに贅沢なことを言ってるのかしら。充分よくしてもらっているのに。そもそも私は彼女でもないわ)

私は首を振って気分を入れ替え、ダイニングに行った。

「おはようございます。遅くまで寝ていて、すみません」

ソファーでパソコンを開いていた理人さんに挨拶する。振り返った彼はさわやかな笑みで「おはよう」と言い、私の手を引っ張った。

ストンと彼の膝に乗せられ、顔を覗き込まれた。

「体はしんどくないか?」

その甘い仕草と眼差しに、トクンと心臓が跳ねる。

「だ、大丈夫です!」

少し腰が重いけど、その他はなんともなかった。

ただ、体中に彼の痕跡《こんせき》が残っているだけ。

「それはよかった」

理人さんがチュッとキスをして、「葉月の体は気持ちよすぎて、なかなか止められなかった」なんて言うから、私は真っ赤になった。

くいっと口端を上げた彼は、昨夜のことを思い出させるように、ねっとりと私の体をさするので、ぴくんと肩が跳ね反応してしまう。

「理人さ……ん」

彼を見上げると、楽しげな瞳とぶつかって、またキスをされた。

チュクチュクと音を立てて、唇を貪《むさぼ》られる。

と、ふいに口を離して、理人さんは苦笑した。

「こんなことしていると、朝飯が食べられなくなるな」

私を膝から下ろした彼は立ち上がった。

「温めるだけだから、座ってろ」

そう言われたけど、彼についてキッチンに行くと、「じゃあ、お茶でも淹れてくれ」と急須を渡された。

お茶なら会社で淹れたことがある。

（そういえば、新人のとき以来かも）

会社に入社した当初、先輩にお茶の淹れ方を教わって、来客にお茶出しをしたら、その後すぐに「水鳥川さんはそんなことしなくていいから！」と宇部部長に止められた。

先輩方の視線が冷たくなったのも仕方がない。

つまらないことを思い出してしまって、溜め息をつく。

茶葉を急須に入れて、ポットのお湯を入れようとしたら、理人さんに制止された。

「一旦、湯を湯呑に入れてから、急須に入れてくれ。少し冷ました方が美味く淹れられるんだ」

「そうなんですね」

教えてもらった通りに淹れてみたけど、理人さんが淹れてくれた方が美味しかった気がして、なんだか悔しい。

私がお茶を淹れている間に、理人さんはテーブルに食事を並べていた。

白ご飯に、具沢山のお味噌汁、しらす入りの卵焼きに、明太子、漬物。彼はいつも丁寧な暮らしをしているのを感じる。

純和風の美味しい朝食をいただき、片づけを手伝った後、理人さんが家まで送ってくれた。

「お帰りなさいませ、お嬢様。よいお誕生日を過ごされたようですね」

玄関で出迎えてくれた真柴さんがにこりと微笑んだ。

（誕生日！）

言われてみれば、昨日は私の二十五歳の誕生日だった。

久しく誰にも祝われることのない日のことなんて、すっかり忘れていた。

そんな日を覚えているなんて、さすが優秀な執事だと感心する。

（今年の誕生日は好きな人と過ごせたんだわ）

私は今別れたばかりの理人さんを思い浮かべて、頬を緩めた。

「ええ。とても素敵な誕生日だったわ」

特別な記憶を誕生日のプレゼントとして、大切に胸にしまい込んだ。

四章　かりそめの幸せ

「申し訳ありませんが、ただいま真宮は席を外しております。折り返しお電話させましょうか？」

『いえ、木元《きもと》商事の中井《なかい》から電話があったとお伝えください』

「承知いたしました」

このところ、理人さんは会社で不在の時間が増えた。

この間、みんなが噂していたように社内勉強と称して、なにかを調べているのかもしれない。

それに、今みたいに謎の会社――木元商事から電話が時々かかってくる。取引先に「木元商事」という会社はない。

理人さんに伝えても覚えがないと首を傾げて、「営業電話だろう」と放置しているけど、気になるから、今度折り返しの電話番号を聞いてみようかと思っている。

もちろん、業務はちゃんとこなしていて、着実に会社の含み益は増えているようだ。

それであれば、私がどうこう言う話ではない。

契約の時の話から考えると、理人さんの目的はその調べものだ。むしろ問題にならないように私がサポートするべきかもしれない。

その辺、理人さんに抜かりがあるとは思えないけれど。

あれから理人さんは、週末ごとに私を連れ帰り、抱くようになった。

「葉月の体は最高だな。こんなに相性がいいのは初めてだ」

汗ばんだ体を気にもせず、私を抱きしめて、理人さんがにんまりする。

まだ官能の波が治まらないままの私は、息を整えながら返した。

「相性って、あるんですか？」

「そりゃあるさ。葉月のここの形と俺の形がぴったり合っているから、こんなに気持ちいいんだ」

そう言って、指で私の中を探るから、せっかく息が治まってきたのに、また喘ぐはめになった。

「ん……、私は……はぁっ、理人さんしか、知らないから……わかりません」

「俺しか知らない、なんていうセリフ、結構クるもんだな」

「滾《たぎ》る」とつぶやいて、理人さんは本格的に愛撫を再開した。

口を塞がれ、舌を絡められる。

彼の指は私の中と外を同時に擦り、私は過剰な快感に身をよじった。

「んんーっ、んっ、ぁ、はぁ、んっ、ん～～っ」

すでに蕩けていた体は彼の指を締めつけて痙攣《けいれん》を繰り返す。

理人さんが入ってきた瞬間に、私は背中を反らせて、軽くイってしまった。

それなのに、ズンズンと突かれ始めて、私は悲鳴のような嬌声をあげる。猛烈な快楽が背筋を通って、頭に到達し、そこを痺れさせる。

「ああっ、だめ、いま、やっ、んん～っ、んっ、んっ……」

その声も理人さんの口に呑み込まれて、激しく揺さぶられた。そこへ、胸の先端を摘まれると、チカチカと目の裏がスパークして、真っ白になった。

金曜日はだいたいこんなふうに限界まで抱かれるから、翌朝の目覚めが遅くなってしまう。そして、起きた頃にはしっかりとした朝食ができているのだ。

体だけの関係でいいはずなのに、理人さんは、私を買い物に連れ出したり、バイクに乗せてくれたりした。

初めて乗ったバイクは不安定で、「しっかり掴まっていろ」という言葉に、理人さんの背中にしがみついた。

（考えたら、私は自転車にさえ乗ったことがないわ）

自分から乗りたいと言ったくせに、バイクが走り出すと怖くて怖くて、目をギュッとつぶって彼の背中に顔を埋《うず》めた。

すると「葉月、大丈夫か？」と理人さんの声が背中を通して響いてくる。

（理人さんの声を聞くと安心する……）

それでようやく落ち着いて、流れる景色が目に入るようになった。残暑が厳しいと思っていたのに、初秋の風が心地よいのにも気づく。

肩からふっと力が抜けた。

街中を走り抜け、都心にしては緑に囲まれた洋館の前でバイクは停まる。

バイクから降ろしてもらって、ヘルメットを取り、改めてその建物を見ると、私は声をあげた。

「ガーデン美術館！」

「やっぱり知っていたか。近くにあるのは知っていたけど、来たことはなかったんだ。葉月が好きそうだと思ってな。バイクの試乗にちょうどいい距離だし」

「私も初めて来ました。行ってみたいと調べてはいたのですが。うれしいです！」

興奮して、声が大きくなる。

なにより、理人さんが私の好みを考えて、連れてきてくれたのがうれしい。

その美術館はアール・デコ様式の洋館を改造したもので、それ自体が美術品のよう。内装もとても素敵だった。

ちょうど西洋陶器の企画展をやっていたので、二人でじっくり眺めた。

併設されたオシャレなレストランで昼食をとった後、庭園を散策する。

理人さんは自然に手を繋いでくるし、まるでデートみたいと心が弾《はず》んだ。

そして、直後に気持ちが沈む。

(かりそめの関係でしかないのに)

私たちの契約は、あと半年で終わる。

今の関係を「どうせだったら」と、理人さんは楽しんでいるだけなのかもしれない。

バイクでまた理人さんのマンションに戻ったら、入口で中年男性が待ち構えていた。

「あぁ、ちょうどよかったです。お借りしていた資料を返そうと思いまして」

そう言ってその人が差し出したのは、うちの社名が書いてある専用封筒だった。

理人さんがちらっとこちらを気にしたので、「中に入っていますね」と声をかけて、離れる。

ロビーで待っていると、理人さんはその男性と短く話した後、すぐ中に入ってきた。

(なにかしら? 理人さんが調べていることに関係が……?)

そう思ったけれど、理人さんが説明する様子はなかったので、私もそっとしておいた。


上期が終わり、実績報告書の提出や計画書の見直しなど、書類仕事が多くて目まぐるしかった一週間が過ぎた。その週末、またもや私は理人さんの家に連れ込まれた。

いつものように抱かれて、温かい腕の中で眠りにつく。

目を開くと、私は理人さんの胸に顔を寄せていて、彼も眠そうに目を開けたところだった。

私が早く目覚めたわけではなく、理人さんがいつもより遅いようだった。彼も今週は忙しかったし、疲れていたのかもしれない。

「おはようございます」

「……おはよう」

眠そうにしながら、理人さんは唇を寄せてきて、キスを受ける。彼はいちいち仕草が甘い。

「んー、よく寝た。ディーラーをやっていた時はちょくちょく目覚めたのに、今の仕事は楽だな。元の生活に戻れなくなりそうだ」

理人さんはふわぁと欠伸《あくび》をしながら、のんびりとつぶやいた。

（元の生活に戻るつもりがあるのね……。調べものが終わったら、退職するつもりなのかしら？）

何気ないつぶやきに、私と関係のない彼の人生が垣間《かいま》見えて、切なくなった。

私がそんなことを考えているとは知らずに、理人さんは今日の予定を話す。

「今日は午後に髪を切りに行くんだが、葉月も行くか？」

「私も？」

美容院についていくというイメージがなく、首を傾げたら、理人さんは流れ落ちた私の髪を一束手に取り、指で梳いた。

「葉月はよく自分が地味だと言っているだろ？　俺はそのままでも充分可愛いと思うが。色でも変えたら、雰囲気が変わるかと思ってな」

（可愛い……）

さらりと言われて、顔を赤らめる。何度言われても、動揺してしまう。

(理人さんはホストをしていたから、きっとこういう言葉が簡単に出てくるんだわ。深い意味はない)

真に受けてはいけないと自分を戒めて、言われたことを考える。

パーマをかけたことはあったけど、カラーリングはしたことがなかった。

私も自分の髪を手に取って見る。

真っ黒なストレートの髪。

「明るい色にしたら感じが変わるでしょうか?」

「いいんじゃないか? 昔なじみなんだが、なかなか腕のいい美容師がいるんだ。試しに行ってみるか?」

「はい。また今度パーティーがあるから、私も整えてもらおうと思っていたので」

「あぁ、菱木《ひしぎ》商会百周年のパーティーか。すごいよな。百年って」

「付き合ってもらって、すみません」

「別にいい。そういう約束だ。それにどこも料理がうまい」

「ふふっ、ありがとうございます」

食いしん坊の理人さんらしい発言に心が和む。

私に対する気づかいでもあるのだろうけど。

（本当に理人さんは優しい）

彼が作ってくれた美味しい朝食をいただいた後、私たちは出かけた。

理人さんがすぐ近くだと言った通り、マンションから十分もしないうちに車は停まった。

「本当に近いんですね」

「そうだな。昔からこの辺りに住んでいて、それ以来の付き合いなんだ」

そこは高級住宅地の一角で、白レンガの壁にウッディな扉のオシャレな美容室だった。

理人さんが慣れた感じで入っていく。

「いらっしゃいま……あー、お兄ちゃん！　ようやく来た！　もう、こんなに髪の毛伸びるまで放っておくなんて、かっこ悪い！」

入るなり、若い女の子がまくし立てた。

ショートカットにクリクリのパーマが似合う可愛い子だ。

（お兄ちゃん？）

そう言われてみると、くっきり二重の目力のある目もとが理人さんに似ている。

妹さんなのかしら？

その後ろから落ち着いた感じの女の人が出てきた。

前髪からすべての髪を後ろでひとつに引っ詰めたキリリとした美人だった。

「いらっしゃい、理人。突然もうひとり連れていくって言ったと思ったら、ずいぶん可愛らしいお嬢さんを連れてきたのね」

その女性は理人さんにそう言い、私に向かって「いらっしゃいませ」とにこやかに声をかけてきた。

妹さんは、ペコリと会釈をした私をまじまじと見て、目を見開く。

「わー、お兄ちゃん、ようやくまともな恋愛をする気になったの？　っていうか、あなた、お兄ちゃんに騙されてません？」

「こら、実の兄に対してなんて扱いだ」

私に近づいてきた妹さんの頭を理人さんがポカリと叩いた。

「だって、お兄ちゃんのいつも連れてる女の人って、派手な美人って感じで、お互い遊びっていうのがみえみえだったじゃない」

あけすけな彼女の言葉に理人さんは苦笑して、その頭を掴んで私の方を向かせる。

「葉月、これが俺の妹。千里《ちさと》っていうんだ」

「初めまして。水鳥川葉月と申します」

頭を下げて挨拶しただけで「わー、きちんとしてる～！　真宮千里です。よろしくです」と握手を求められた。

すごく人懐こい子だ。手をぶんぶん振られる。

理人さんのスキンシップの多さは家系なのかしら？

「こっちが美容師の斉藤早紀《さいとうさき》。家が近所だったんだ。腐れ縁だな」

「斉藤早紀です。理人とは同級生なの」

「水鳥川葉月です。今日は突然すみません」

「いいえ、理人の我儘はいつものことなので」

微笑む斉藤さんは華奢で背が高く、凛々《りり》しい眉毛が印象的な自立した女性って感じだ。

（素敵な人……！）

理人さんととても気安い雰囲気で、胸がちくりと痛む。

そんな私の気も知らないで、理人さんは斉藤さんに告げた。

「こいつがもっと垢抜けたいらしい。いい感じにしてやってくれよ」

「ずいぶん大雑把なリクエストね」

「あ、気に入っているから、長さはそのままで。茶髪は嫌だ。それに、あんまりパーマをかけるのもなぁ。この指通りが好きなんだ」

そう言って、理人さんは私の髪を指で梳く。

「それだとなにもできないじゃない。今のままの水鳥川さんが好きなのはわかったから、理人は口出さないで。水鳥川さんと話して決めるから」

斉藤さんが苦笑いをして、理人さんを追い払った。

そんなふうに言われて、うれしいけど、むなしい。

(理人さんは私の髪を気に入っているだけなのに……)

「お兄ちゃんはこっち」

「お前が切るのかよ」

「免許もないのに切れるわけないじゃない。家じゃないんだから。洗うだけよ」

千里さんが理人さんを引っ張っていき、洗髪台に座らせていた。

私は少し離れた椅子に誘導され、ケープをかけられる。

「改めて水鳥川さんのご希望をお聞きしますね。理人のリクエストは忘れていいから」

斉藤さんが笑いながら言った。

そこで、恥ずかしいけれど、自分の願望を言ってみた。

「華やかな印象になってみたいんです。私じゃ無理かもしれませんが……」

「そんなことないですよ。今でも可憐で素敵です。髪も本当に綺麗ですし。でも、真っ黒な髪色なので、清楚だけど、大人しい印象になるかもしれませんね。ピンクブラウンにでもしてみますか？」

「ピンクブラウン？」

ピンク色のファンキーな髪を想像して、目をパチクリさせた。

斉藤さんは笑って、「本当のピンク色じゃないですよ」と色見本を見せてくれた。

それは焦《こ》げ茶色に光沢がほんのりピンクで、まさに華やかな印象だった。

（派手過ぎずいいかもしれない）

他の色も見せてもらったけど、やっぱり最初に見せてもらったピンクブラウンに惹かれた。

私は斉藤さんと相談して、カラーリングはピンクブラウンで、毛先を軽くカールしてもらうことにした。


「えぇー！　葉月さんって、あのミトコウの社長令嬢なんですか⁉」

フロアを掃除しながら、千里さんが叫んだ。

うちはミトコウというブランド名でいろんな電化製品を出しているから、水鳥川興産という会社名より、そちらの方が通りがいい。

そういえば、会社名をミトコウに変えたいお父様と、変えたくないお祖父《じい》様で対立していると聞いたことがある。

「お兄ちゃん、そんなすごい人とどこで知り合ったの？」

「バカ。俺も今その会社で働いているだろ」

「そうだっけ？」

「理人さんは職場の上司なんですよ」

「へー。お兄ちゃんがねー。迷惑かけてない？」

「とんでもない！　仕事のできる優秀な上司です」

「へー、へー、よかったね、お兄ちゃん」

「当然だ」

仲のいい兄妹らしく、二人のじゃれ合いが微笑ましい。

千里さんは十八歳で、今、美容専門学校に通っていて、空いた時間でこのお店のアルバイトをしているらしい。

「早紀さんは本当にカットが上手で、それに憧れて美容師になろうと思ったの」

千里さんはそう言って、斉藤さんが理人さんの髪を切るのを眺めている。

斉藤さんはよどみなく理人さんの髪を切っていた。その細い綺麗な指が理人さんに触れ、顔が近づき、彼に微笑みかける。

今まで気にしてなかったけど、髪を切る行為って、意外と距離が近い。

それに、共通の知り合いの話をしているようで、理人さんは見たことがないほど気を許した表情をしていて、胸にもやもやしたものが広がる。

「私のものに触れないで」

後ろから言われてびっくりして振り返ると、ニヤッと笑った千里さんがこちらを見ていた。

「そう思ってるんでしょ？」

「いいえ、私たちはそういう関係じゃないので」

心を言い当てられたようで、慌てて頭を振る。

どういう関係か聞かれても困るけど。

「嘘だぁ。大丈夫ですよ～。私も前はお兄ちゃんと早紀さんがうまくいってくれたらいいのにと思ってたけど、お兄ちゃんにはちっともその気がないから」

「お兄ちゃんには」ということは斉藤さんにはあるのかしら？

つい勘ぐってしまう。

どちらにしても、私にはやきもちを焼く権利なんてないけれど。

二人が談笑する姿から強引に目を引き剥がして、雑誌に目を落とした。

「いかがですか？」

斉藤さんが鏡を見せてくれる。

待合いスペースのソファーで脚を組んで本を読んでいた理人さんが、顔を上げた。

鏡越しに目が合う。

こんな何気ないポーズでも格好いいと思ってしまう。

理人さんの髪もスッキリして、男前度が増していた。

「いいじゃないか」

その声に、我に返って鏡を見直す。

ふんわりエアリーにセットされた髪は、上品なダークブラウンでやわらかなピンクの光沢があり、顔まわりを明るく見せてくれていた。

私の希望通り、華やかに仕上げてくれて、うれしい。

「すごくいいです。ありがとうございます！」

私が微笑むと、よかったと斉藤さんも安心したように笑った。

「ねーねー、これからデート？　プラチナ通りに美味しいフレンチができたんだよ。行ってみたら？」

千里さんが目をキラキラさせて言うので、返事に困って理人さんを見上げると、「そうだな。その辺にでも行って、飯を食べるか」と言ってくれた。

デートを否定しない理人さんに、ささやかなことだけど、胸が浮き立つ。

斉藤さんと千里さんに見送られ、私たちは店を出た。

また来てねと私の手を握る千里さんを振り切るように、「ほら行くぞ」と理人さんがさりげなく私の肩を抱いて歩き出した。

それがまたうれしくて恥ずかしくて、ついうつむいた。

すると、理人さんがすかさず耳打ちしてくる。

「それはここでキスしてほしいって合図か？　大胆だな、葉月」

「ちが……っ」

慌てて上向くと、笑っている理人さんの顔が目に入った。

（からかわれているだけね）

そう思ったのに、駐車場の死角に入った途端、唇を塞がれた。

いきなりのディープキスに息があがる。

「……よく似合ってる」

少し口を離した理人さんは、私の髪を手に取り、そう言った。

ふいに泣きたくなる。

この期限付きの甘さが終わりを迎えた時の辛さが、突然、胸に迫った。

◇
◆

今日は菱木商会創業百周年記念パーティーだ。

実はうちの会社も昨年百二十周年で盛大にパーティーをやったところで、老舗《しにせ》企業同士、それなりに付き合いがある。

髪の毛を華やかにしてもらったので、今回は思い切ってドレスもラベンダー色のマーメイドラインにしてみた。以前から綺麗な色だと思っていたけれど、選んだことはなかった。

(明るすぎるかしら？　それに体の線が出すぎかも)

改めて着てみるとそう感じ、恥ずかしくなった。

ドレスを選んだ時は、髪を切ってもらった直後で気が大きくなっていたのかもしれない。

それでも、こうしたパーティーはほぼ出席者が被っているので、前と同じドレスというわけにはいかない。

お父様からも、くれぐれもみっともないことはするなと厳命されている。

今さらドレスを替えることもできず、メイクアップをしてもらうと、いつものようにお父様の車に乗った。

理人さんとはホテルのロビーで待ち合わせている。

常に無言の車内は緊張して、本当なら別々に行く方がよかったけど、言い出せずに今に至る。

(婚約者に迎えに来てもらうという口実はどうかしら？)

でも、理人さんはまだお父様に認めてもらっていないし、彼に甘えすぎな気もする。

そんなことを考えていたら、めずらしくお父様が口を開いた。

「葉月は私の選んだ男は気に入らないようだな」

「そんなことはありません」

「実際、すべて一度で断っているそうじゃないか」

「それは……」

（しまったわ。複数回会う人も作っておけばよかったかも）

でも、残念ながら、もう一度会いたいと思う人はいなかった。

どうしても理人さんと比べてしまうからかしら？　彼以上に素敵な人はなかなか見つからない。

ううん、それを差し引いても、先を想像できる人はいなかったわ。

「でも……」

「もういい。やはりまどろっこしいことをするのではなかったな」

お父様は独り言のようにつぶやいて、黙り込んでしまった。

突然の最後通告に焦る。

この間の一件があって、婚活サイトは退会してしまった。

例の田代さんは翌日には退会していたようだったけど、もう怖くて誰にも会うことはできないと思ったから。

だから、私の方で独自に結婚相手を見つけるあてはなかった。

「お父様、他に候補の方はいらっしゃらないのですか?」

嫌な予感がして、お父様に縋るように問いかける。

結局、最悪の結果になりそうで、焦燥感に駆られる。

私の必死な様子になにか感じたのか、黙って聞いていた秘書の河合さんが、助手席から助け舟を出してくれた。

「社長、水野《みずの》さんはいかがですか? 彼ならお嬢様も気に入ってくださるのではないかと」

「水野くんか……。少し柔和《にゅうわ》すぎる気がするが」

「それがよろしいのではないかと。お嬢様にとっても、社長にとっても」

河合さんがにこやかに言うと、お父様は「なるほどな。考えてみよう」とつぶやいた。

「ありがとうございます」

ほっとして、私は頭を下げた。

ホテルに着くと、お父様と別れて、理人さんを探しに行った。

ロビーのソファーにいる彼を見つけて、安心する。

理人さんは私に気づいて、目もとを緩めた。

整っているがゆえに少し冷たく見える顔立ちが、途端に魅力を増す。

(好き……)

そう思えば思うほど、切なくなる。

私は笑顔を作って、彼のもとに近づいた。

「華やかでいいじゃないか」

立ち上がった理人さんは、エスコートのために腕を差し出した。それに自分の腕を絡めて、お礼を言う。

「ありがとうございます。自分らしくないデザインを選んでしまったので、少し恥ずかしいですが……」

それを聞いた理人さんは少し背をかがめ、私の耳にささやいた。

「似合ってる。それに、胸が大きくなったよな。俺が念入りに揉んでいる成果だな」

「なっ、こんなところでなに言っているんですか！」

(さわやかな顔して、なんというセクハラ発言をするのかしら、この人は！)

先ほどまでの切ない気持ちは霧散《むさん》して、顔を赤らめながら、パーティー会場に向かった。

今回は主催者側ではないので、目立たない壁際で、進行を見つめる。

来賓の挨拶に、お祖父《じい》様が呼ばれていた。

現役とはいえ、会長なのに、未だにお父様を差し置いてお祖父《じい》様に挨拶依頼が来てしまうのは、さすがにお父様がお気の毒だと思った。

(こういうところからも対立が生まれてしまうのかしら……)

歓談の時間になって、理人さんが知り合いと話している間に、私は飲み物を取ってこようとそばを離れた。

「葉月さん、こんばんは。今日はいつもと感じが違いますね」

後ろから声をかけられて振り返ると、一柳さんだった。

相変わらずオシャレで、ピンストライプの高級感漂《ただよ》うスーツにピンクのネクタイという上級者の装いを着こなしている。

「こんばんは。ちょっと気分を変えたくて」

「僕は前の方がいいな。髪の毛も黒い方が似合っている。僕は葉月さんの奥ゆかしい感じが好きなんだ。すぐうつむく内気なところとか」

何気なく一歩後ずさったのに、一柳さんは逆に前進してきた。

(この人は私の直したいところばかり気に入っているのね)

「あなたの好みと葉月はなんの関係もないと思いますが?」

いきなり腰を引き寄せられて、馴染みの匂いに包まれる。

理人さんだ。

ほっと肩の力が抜けた。

「それがそうでもないんだよ」

一柳さんがにやっと笑う。嫌な笑みだ。

（どういうこと？　お父様は理人さんを婚約者だと認めてくれてはいないけど、このところ理人さんとこうして公の場に来ているから、私たちがステディな関係だというのは知られてきているのに……？）

「私の婚約者は理人さんです」

「でも、肇社長には認められていないよね」

嫌な笑みを崩さずに一柳さんが言うから、先ほどのお父様の様子と合わせて、胸騒ぎがした。

「会長には認めていただいている。それに選ぶのは葉月だ」

理人さんが反論してくれたけど、一柳さんは余裕の表情だ。

「いつまでもそうは言っていられないと思うけどね」

言うだけ言って、一柳さんは去っていった。

彼の姿が見えなくなっても、私は体の強ばりを解くことができなかった。

「大丈夫か、葉月？」

理人さんが背中を撫でてくれて、はっとする。

「碌《ろく》でもないことを考えてそうだな。気をつけろよ？」

「そうですね。ありがとうございます」

心配そうな彼に笑顔を返した。

そこに、また新たな声がかけられる。

「あら、リヒト。まだそのお嬢さんと続いてたの？」

色艶のある声だと思ったら、シャンパンゴールドのドレスに身を包んだ藤田社長だった。

私なんか簡単に霞んでしまうほどのゴージャス感。

「そりゃ続いていますよ。愛しの婚約者ですからね」

理人さんが私を引き寄せて、体を密着させた。

演技だとわかっていても、ドキッとしてしまう。

「そんなお嬢さんより、私の方がよっぽどいい思いをさせてあげられるけど？　知ってるでしょ？」

婀娜《あだ》っぽく微笑む藤田社長に、私の心が凍った。

過去のことだとは思う。だけど、嫌なものは嫌で、私は拳を握りしめた。

理人さんも一瞬体を強ばらせた気がしたけど、私のこめかみに口づけて、おどけるように言った。

「それは光栄ですが、この通り、葉月にべた惚れなので、勘弁してください」

「なによ、つまんないわね。お嬢さんに飽きたら、いつでも相手してあげるから」

ふふっと妖艶に笑う藤田社長に、理人さんが困っている気がしたので、私は嫉妬深い婚約者のフリをした。

「ダメです！　理人さんは私のものなんです。手放しませんから！」

彼の腕に抱きついてそう叫んだら、藤田社長は「冗談のわからないお嬢さんね」と肩をすくめた。

「そういうわけなんで、理恵子社長、すみません」

くくっと笑った理人さんは、私を連れて、その場から立ち去った。

藤田社長から逃げて、出口付近まで来ると、理人さんはくすくすと思い出し笑いをした。

「なんですか？」

「いや、葉月は可愛いなと思って」

「なに言って……」

かあっと頬が熱くなる。

きっとさっきのセリフのことを笑っているのだ。

（演技とはいえ、ずいぶん大胆なことを言っちゃったわ）

思わず、本心が出てしまっていた。

動揺している私の耳もとに、理人さんが口を寄せてきた。

「なぁ、このパーティーは最後までいないといけないのか？」

「初めに挨拶は済ませましたし、もういいと思いますが」

「じゃあ、帰ろうぜ。愛しの婚約者を抱きたい」

「……っ！」

甘くささやかれて、ゾクッとする。

返事をする前に、肩を抱かれて、会場から連れ出された。


部屋に入るなり、深く口づけられながら、どんどん脱がされ、ベッドに押し倒された。

ピンを外された髪がシーツに広がる。

口の中を理人さんの舌が這い、両手で胸を寄せたり掴んだりして捏ねくり回される。

「んっ、はあ、ぅうんっ……」

いきなりの激しい愛撫に翻弄されて、私は喘ぐしかできなかった。

「待っ……」

「待てない」

キスの合間に言いかけたけど、却下されて、また口を塞がれた。

ちゅうっと吸われた後、少し口を離して、理人さんが甘くささやく。

「俺を手放さないんだろ？　あんな可愛いことを言われたら、滾《たぎ》るだろ」

笑って今度は手を下に滑らせた。

「あっ……」

すでにぐちょぐちょになっているところを探られて、羞恥心に身をすくめる。

「葉月も期待していたのか？」

指が入った瞬間に、くちゅっとやらしい音がした。

理人さんが楽しそうに目を細める。

指をくいっと曲げられて、そこを擦られると、嬌声が洩れた。

「あん……あっ、あっ、やぁっ、ぅうん……」

一気に頂上近くに追いやられ、チカチカしてきたところで、指が抜かれる。

「あ……」

つい物欲しげに理人さんを見てしまう。

「待ってろ」

私の頭を片手で撫でた理人さんは、ゴムのパッケージを歯で破いた。

ぴくん。

私の中が待ち望むようにうごめいた。

すぐ熱い塊が入ってくる。

「く、ぅん……」

今日はまだ慣らされていない道が、理人さんのもので押し開かれる。

彼をひどく感じてしまって、うめいた。

「大丈夫か？」

理人さんが止まって、顔を覗き込んできた。

その瞳は情欲に満ち溢れ、苦しげでさえあるのに、私を気づかってくれる。その余裕のなさが本当に求められているかのようでうれしい。

「だ、いじょうぶ……です。気持ちいい……だけ」

「そうか」

体をビクビクさせながら抱きつくと、理人さんはチュッと口づけて、動き始めた。

奥を突き上げられ、舌を絡めとられる。

それに一生懸命応えて、しがみついた腕に力が入った。

理人さんと繋がれるのが幸せで、満たされて、胸がいっぱいになった。

（理人さん、好き……好き……）

何度もキスをして、抱きしめられて、穿たれて、快感だけじゃない感情が溢れて、弾《はじ》けた。

「葉月……」

同じタイミングでイったらしい理人さんに名前を呼ばれて、キュンとする。

目と目が合い、もう一度キスをする。もう一度。もう一度。

「あぁ、まずいな……」

つぶやいた理人さんが私から出ていき、ゴムを着け直して、すぐまた入ってきた。

私を抱きしめ、キス、キス、キス……

蕩けてしまいそうになる。

（どうしちゃったの、理人さん？　いつもに増して甘い……）

動かないままの理人さんをきゅうきゅう締めつけてしまう。

先ほどと打って変わって、その後はひどく優しく抱かれて、幸福感に満たされる。

（もうこの記憶だけで一生、生きていけそう……）

そんなことを思ってしまう素敵な夜だった。

◇◆

翌週、早速、お父様から水野さんという方を紹介された。

正確に言うと、いつもの通り、秘書の河合さんに会食場所に案内されただけだけど。

レストランまでの車中で、河合さんに尋ねられた。

「お嬢様は本当に婚約者を変えるおつもりがあるのですか？」

「はい、もちろん」

「どうしてですか？　たまにお見かけしますが、真宮さんとは仲睦まじく見えます」

そう言われて、言葉に詰まる。

少し考えて、言い訳を伝える。

「理……、真宮部長とは仕事上のパートナーなので、仲良く見えるかもしれませんが、お祖父《じい》様の紹介なので、できればお父様の納得される方がいいかなと思って」

「なるほど。それは助かります。お嬢様まで会長派についてしまうと、社長のお立場がますます難しくなりますから……」

河合さんは溜め息をついた。めずらしく疲れた表情を見せる。

「そんなに深刻なんですか？」

「社名の件から、提携先、販路、経営方針までことごとくご意見が違って対立されているんです。しかも、役員のほとんどが会長派で、社長はどんどん孤立しておられます。もし、今お嬢様に旦那様がいらっしゃったら、社長を解任されていたかもしれません」

そこまでお父様とお祖父《じい》様の対立が激しいものだとは思っていなかったので、私は息を呑んだ。

（お父様が苛つくはずだわ！）

「最近、社長が自暴自棄になられている気がして、少し不安なんです」

いつも凛としている河合さんが気弱な顔で、また深い溜め息をついた。

「お嬢様が水野さんを気に入ってくださるといいのですが……」

そんな話を聞いて、より緊張してきた私だったけど、実際会った水野さんは癒やし系の男性だった。

「こんばんは。水野直《ただし》と申します。いやぁ、こんな綺麗な女性と食事なんて緊張するなぁ」

そう言ってにこにこと笑う水野さんは少しふくよかな丸顔で、とても感じがよかった。

つぶらな目は黒目がちで、なんとなく犬のスピッツを思い出させた。

「こんばんは。水鳥川葉月です。私も緊張していますが、よろしくお願いします」

私が会釈すると、水野さんもペコペコ頭を下げて、挨拶してくれた。

飲み物をもらって、料理を待つ間に、自己紹介をする。

水野さんはシステム会社の社長だそうで、学生の頃に会社を立ち上げたらしい。独自のセキュリティシステムを開発したとのことで、うちの会社もそれを採用しているらしい。

「学生の時に！　すごいですね」

私が感心すると、水野さんは恥ずかしそうに頭を掻《か》いて答えた。

「いや～、好奇心と勢いだけで突っ走るタイプで、今思うとなにも考えてなかったんです。たまたま運良く助けてくれる人もいて、ここまで来たというか」

水野さんと話をしていると、自分を卑下しすぎることもなく、驕《おご》ることもなく、自分の意見もしっかりあって、とてもバランスのいい人だと思った。

「僕のことはいいんです。それより葉月さんのことを聞かせてください。月並みですが、ご趣味は？」

そう聞かれて驚いた。

そういえば、今まで会食した人たちは自分のことばかり話していて、私のことはほとんど聞いてはくれなかった。

「趣味ってほどのものはなくて恥ずかしいのですが、読書と絵画鑑賞が好きです」

「絵が好きなんですか⁉ 僕もなんです！ と言っても全然詳しくはないんですが。どんな絵がお好きなんですか？」

「どれも見るのは好きですが、特にモネが好きで……」

「じゃあ、こないだの上野のモネ展は行かれました？」

「行きました！」

「僕も行ったんです。モネの生涯がドラマチックに演出してあって、よかったですよね～」

「本当にそうですね。画風の変化にも意味があったのかなとかいろいろ想像してしまって、楽しかったです」

思わぬところで同志に巡り会い、興奮して話し出してしまった。

気がつけば、好きな絵画の話や行ったことのある美術館の話で盛り上がり、食後のコーヒーの時間になっていた。

「こんなに楽しい時間は久しぶりです。葉月さん、ありがとうございます」

「こちらこそ。なかなか絵画のことを気軽に話せる方がいなかったので、私こそ楽しかったです。ありがとうございました」

お互いにお礼を言い合って、微笑み合う。

そして、水野さんが少し躊躇《ためら》いがちに口を開いた。

「今度、丸の内の美術館で印象派展があるんです。もしよかったら、一緒に行きませんか？」

誘われるとは思わなかったので、私はびっくりして、目を見開いた。

「あ、初対面でいきなり図々しいですよね。すみません、忘れ……」

「行きたいです！」

私が固まったのを誤解して、彼が撤回しようとしたので、慌てて言った。

水野さんとなら、もう一度ゆっくり話してみたいと思ったから。

彼はうれしそうに愛嬌のある顔をくしゃっと崩して笑った。

「本当ですか⁉　やったぁ。ありがとうございます！」

その無邪気な表情に、彼とだったら恋愛感情はなくても、穏やかに過ごせるかもしれないと予感した。

連絡先を交換して、タクシーで家に帰る。

その道すがら、河合さんに『彼ともう一度会うことにした』とメールしたら、すぐ折り返し電話がかかってきた。

『よかったです！　お嬢様にリサーチして探した甲斐がありました！』

河合さんの弾《はず》んだ声に、よほど心配をかけていたんだなと申し訳なく感じる。

これでお父様が少しは安心してくれたらいいなと思った。

◇
◆

「お嬢様の今夜のご予定は？」

金曜日の定時に、理人さんに頼まれていた書類を提出しに行ったら、彼はからかうように聞いてきた。

きっと三週続けて彼の誘いを断っていたからだ。

一度は水野さんとの会食で、二度目は生理になったから。そして、先週は水野さんと美術館に行ったからだった。

生理の時はいつも用があると断っているので、断ること自体はめずらしいことではないけれど、三週続けては今までなかったかもしれない。

「特にありません」

「じゃあ、家に来いよ」

人目を気にしてそっとうなずくと、理人さんは笑って、「心配しなくても、俺たちの仲はとっくにバレてるぞ？」と言った。

「え？」

「全然隠してなかったし、パーティーも同伴だし、そりゃ目撃されて、バレるだろ。もしかして隠したかったのか？」

「そういうわけではありませんが……」

そっと周りを窺っても、取り立てて反応している人はなく、噂に疎い私だけが気づいていなかったみたいだ。

(どうりで、女性社員の当たりがきつくなったはずだわ)

最初は婚約者として発表されると思っていた。でも結局、お父様に認められず、中途半端になっていた。

婚約破棄になったら、理人さんはここに居づらいのではないかと思ったけど、全然気にしていない様子で、そもそもここに長くいるつもりもないのかもしれない。

(そういえば、理人さんの調べものは終わったのかしら？)

理人さんが一時期のように席を外すことはなくなった。

彼の調べものが済んで、私が結婚相手を見つけたら、この契約は終わりだ。

先週の水野さんとのデートは普通に楽しかった。

彼は礼儀正しく、自然な気づかいができる人で、絵画にも詳しい。

(趣味が合うのはいいわ)

感じがいいという初対面の印象はますます強まって、水野さんとだったら、夫婦としてやっていけるかもと思う。彼となら穏やかな生活を思い浮かべられた。

(理人さんに言わなきゃ。ううん、でも、まだ決まったわけじゃないもの……)

理人さんと離れたくなくて、自分に言い訳をする。

「どうした、葉月?」

頬に手を添えられて、顔を上げられる。

いつの間にか、うつむいていた。

最近はうつむくことも少なくなっていたのに……

「なんでもありません。ちょっと考えごとをしていただけです」

理人さんの鋭い目がじっと私を見る。

それに対して、笑みを浮かべて見つめ返す。

しばらくして彼は苦笑すると、立ち上がった。

「帰るか」

「はい」

見つめ合いに勝利して、私は本当に微笑んだ。

(知らないうちに、理人さんのおかげで強くなったわ)


今日の夕食はブリ大根だった。

理人さんは帰るなり、ぱぱっと下ごしらえして、煮えるまで、とソファーの私を捕まえた。

後ろから胸を揉まれながら、耳朶《じだ》を噛まれ、首筋に舌を這わされて、体が官能に震える。

久しぶりに理人さんの部屋に来て、彼を感じている。幸せな時間。

それなのに、出汁《だし》醤油のいい匂いが漂ってきて、ピーと電子圧力鍋が鳴ると、理人さんはあっさり手を止め、料理の仕上げをしに行ってしまった。

中途半端に快楽を与えられて疼く体を持て余す。

お皿を並べて「食べよう」と言った理人さんがニヤッと笑った。

(きっとわかってやっているのね)

悔しいから素知らぬ顔で、大根を一口かじった。

「あ、美味しいです」

短時間で作ったとは思えない味わい深い大根に舌鼓を打つ。

「だろ？　普通に煮込むより圧力鍋の方が味が沁《し》み込むんだ」

得意げに言う理人さんがちょっと可愛い。

本当になんでもできる素敵な人。

（彼にとって、私に割く時間は無駄ではないかしら？）

こんな素敵な人を、仮とはいえ、婚約者として私に縛りつけているなんて。

調べものにも結局、私の婚約者という立場が役に立ったとは思えない。私に有利なだけの契約だった。だとしたら、早く解放してあげた方がいいのかも。

千里さんも言っていたように、きっと彼は自由な恋愛を楽しむ人だから。

それに、水野さんと先に進むなら、このままでいるのは誰に対しても不誠実だ。

でも、でも……

私は私に言い訳を続けた。


夕食の片づけが終わるなり、寝室に連れ込まれる。

体が期待でじんわりと潤ってくるのを感じた。

（こんなの知らなかったのに。心も体も理人さんに変えられてしまったわ……）

情熱的なキスと愛撫を受けながら、この関係をいつまで引き延ばせるだろうと、またずるい考えにとらわれる。

さっきから思考がシーソーのように揺れている。でも、離れたくない。

離れたくない。離れなきゃいけない。

「葉月、どうした？　疲れているのか？」

喘ぎながらも、どこかうわの空な様子を見抜かれてしまって、理人さんが手を止めた。

（いけない。せっかくの理人さんとの時間なのに。残りわずかなのに）

私は理人さんに抱きつき、甘えるように首もとに顔を擦りつけた。

「なんでもないです」

私の後ろ髪を撫でて、理人さんは「なにかあったのか？　一柳がまたちょっかいかけてきたとか？」と聞いてくれた。

「なにも。大丈夫です。それより、理人さん……」

顔を上げて、続きをおねだりする。

「ずいぶん色っぽい顔するようになったな」

理人さんは笑って、キスをくれると、愛撫を再開した。

「はあ、あっ、あぁ……」

体中を彼の手が這い、私を溶かして、彼でいっぱいに満たされる。

（今はなにも考えたくない。理人さんのこと以外……）

私の中を彼のものが何度も擦り、抉《えぐ》り、快楽を刻む。

私の望み通り、理人さんは思考を甘く蕩けさせてくれた。


お風呂に入って寝ようとしていたのに、いつものように私の肌を触って楽しんでいた理人さんの手つきが、だんだんあやしくなっていった。

「もう一回付き合え」

そう言って、一気に貫かれた。

「あぁんっ」

何度も蕩けさせられてやわらかくなっていた私の中は、あっさりと彼を受け入れる。

挿れたままでグリグリ動かれて、脳が痺れた。

そこに電話がかかってきた。

理人さんはスマホの表示を見て、電話に出る。

(え？　出るの？)

彼は私の中に入ったままで、それどころか小刻みに腰を動かす。

私は嬌声が洩れないように、慌てて口を塞いだ。

『お兄ちゃん、誕生日おめでと～！』

明るい声が洩れ聞こえてくる。

（千里さん？　誕生日？）

「毎年律儀にありがとな」

『ふたりきりの家族だからねー。やっぱり言いたいじゃん！　プレゼントは明日届くと思うよ』

「それは楽しみだな。今度はどんな物で笑わせてくれるんだ？」

『今回はまともだよ～。葉月さんと使ったらいいかなって思って、マグカップにしたの。あっ、もしかして、今一緒にいる？』

「あぁ。お楽しみ中だ」

そう言って、キュッと胸の先端を摘むので、思わず理人さんの腕を掴み、睨んだ。

彼は笑って腰を動かす。

「～～～っ！」

私は手で口を押さえて、理人さんの胸に顔を埋《うず》めた。

『お兄ちゃん！　そんなこと言ってると、葉月さんに愛想尽かされるよ！』

千里さんの呆れ声が聞こえる。

本当に、なんでこの人はこうなのかしら？

理人さんが楽しそうに笑った。ついでのように、胸も揉む。

イタズラばかりだ。

『もう！　笑ってる場合じゃないから！　葉月さんは今までの彼女と違うでしょ？』

「そうだな。全然違う」

くくっと笑って理人さんは認めた。

そうよね。彼女でもないし、派手な美人でもないわ。

『大事にしないと』

「俺なりに大事にしているよ。なあ、葉月」

耳にチュッとキスをして、同意を求められる。

（そう、大事にはされてる）

「はい、そうですね」

千里さんに聞こえるように返事をした。

「ほらな」

『はいはい、ご馳走さま。じゃあ、あんまり邪魔しても悪いから、もう切るね。おやすみ～』

「おやすみ」

そう言った理人さんはとても優しい顔をしていた。

通話を終えると、理人さんは私に向き直って、軽いキスをした。そして、クッと口角を上げる。

「それじゃあ、大事に抱かないとな」

その言葉通り、彼は腰を動かさないまま、気持ちのいいところを執拗に愛撫するから、私は声が枯れるほど嬌声をあげ続け、最後には「理人さん……お願い、動いて……！」と言ってしまった。

ううん、言わされた。

理人さんはくっと楽しそうに笑って、たっぷり彼をくれた。

翌朝起きると、まだ理人さんの腕の中にいた。

（なんて幸せな目覚め……！）

彼が目を覚ますまで、心ゆくまで寝顔を堪能する。

（片想いでも、こんなに好きになれる人に出逢えてよかった）

顔は届かなかったので、首筋にそっとキスをする。

理人さんは「ん～？」と身じろぎして、目をつぶったまま唇を寄せてきた。

「なんだ、葉月。朝からおねだりか？」

「違います！」

「掠《かす》れ声も可愛いな」

彼の目がパチリと開いた。

とたんに強い磁力を持った瞳にとらわれる。

吸い寄せられるように唇を合わせた。

「そういえば、理人さん、今日、お誕生日なんですか？　私、知らなくてなにも用意してなくて……」

「そんなのいい。その分、葉月をたっぷりもらったから」

意味深に私の体の線をなぞって、理人さんはニヤリとする。

かあっと頬が熱くなった。

「そういえば葉月の誕生日はいつなんだ？　葉月ってことは八月か？」

「八月二十四日です」

「ってことは、乙女座か。几帳面《きちょうめん》な葉月にぴったりだな」

「星座なんて、よくご存知ですね」

さらりと出てきた言葉に驚いていると、彼は笑った。

「ホストをしていたからな。話題作りに覚えさせられたから、するりと出てくる。お望みなら、甘くささやいてやろうか、葉月？」

理人さんが私の顎に手をかけ、顔を近づけるので、急いで首を振った。

「え、遠慮します！」

今でさえいっぱいいっぱいなのに、そんなささやきを受けたら、頭が爆発してしまいそう。

「そうか。それは残念」と言いながら、彼は私の髪を手に取って弄《もてあそ》ぶ。そして、つぶやいた。

「誕生日ぐらい言ってくれたら、ケーキのひとつやふたつ用意したのにな」

「お気持ちだけでうれしいです」

それに、心配しなくても私だって誕生日にはちゃんとプレゼントをもらったから。とびきりのものを。

優しい理人さんに、私はにっこり笑った。

◇
◆

次の週末は、水野さんにお茶に誘われた。

私がこの間ケーキが好きだと洩らしたのを覚えていてくれて、『美味しいケーキ屋さんがあるから行きませんか?』と連絡をくれたのだ。

魅力的なお誘いに、『喜んで』と返事した。

だから金曜日の夜は理人さんから誘われないかとドキドキしていたけれど、「お先に失礼します」と言う私に、「あぁ、お疲れさま」とあっさり返された。

（誘われても行けないくせに、がっかりするなんて……）

勝手な自分に呆れる。

もう決断しよう――

婚活サイトで見ていたら、交際を決めるまでのデート回数は三回が多いとあった。

水野さんと会うのはちょうど今度で三回目。その間も連絡は取り合っていて、感じのいい印象はぶれていない。

（ちゃんと私を見てくれる人だわ）

これ以上いい人が現れるとは限らないし、今度断ったら、お父様は一柳さんを婚約者に据えるかもしれない。

それだけは嫌だ。

そんな自分勝手な考えもあった。

（明日、水野さんに会って決めよう）

私は小さく息をついた。

「葉月さん、ここです」

水野さんとは銀座で待ち合わせだった。

にこにこと穏やかに笑う顔を見つけて、ほっとする。

「お待たせしました」

「いいえ、僕が早く着きすぎただけです」

ニコッと笑う水野さんにほのぼのする。

彼の道案内で、銀座の繁華街を離れていった。

(そういえば、理人さんと初めて出かけたのも銀座だったわ)

あの時は春で、今は冬に差し掛かろうとしている。

もう来週から十二月で、ぼーっとしていたら年末だ。

時が経つのは早いわ。

理人さんと歩いたときとは真逆の方向に少し歩くと、白木と漆喰《しっくい》と深緑の窓枠からなるオシャレで可愛らしいカフェが現れた。

フルーツタルトが有名なお店だった。

中に入ると、ガラスケースに色とりどりで美味しそうなフルーツタルトが並んでいる。

イチゴのタルト、メロンのタルト、洋梨のタルト、和栗のモンブラン、チョコレートのタルト、シブースト……

魅惑的な光景に、目を奪われる。

「どれも美味しそうで、選べないです……」

予約席に案内されて、メニューを開くけど、目移りして、なかなか決められない。

(理人さんなら、食べたいものを片っ端から頼みそう)

くすっと笑いかけて、目の前の人に気づく。

水野さんがにこにこと私を眺めていた。

（余計なことを考えてないで、水野さんに集中しなきゃ失礼だわ）

「葉月さんはどれとどれで迷っているのですか？　よかったら、三つくらい頼んでシェアしましょう。言えば切ってもらえるので」

「え！　いいんですか？」

「僕もいろんな種類が食べてみたいから」

「それじゃあ、水野さんはどれを食べてみたいですか？」

二人であれこれ迷ったすえ、イチゴとピスタチオのタルト、和栗のモンブラン、チョコレートタルトに決めた。

「美味しい。幸せの味だわ……！」

「これは本当に美味しいですね……」

赤と緑のコントラストが鮮やかなイチゴとピスタチオのタルトを食べ、二人で感嘆の声をあげる。

思わず、顔を見合わせ、にっこりする。

好きなものが同じだとうれしい。

こんなふうに彼とは温かで優しい日々を送れるかもしれない。

それに水野さんなら、お父様の顔も立つ。

――私は彼との結婚を決断した。

至福のタルトを食べ終わり、紅茶を飲んで談笑していると、水野さんが、ふいに真剣な顔になった。

「葉月さん、お聞きしたいことがあるんです」

「なんでしょう？」

ドキッとして、首を傾げる。

水野さんはまっすぐに私の目を見て言った。

「僕は正直、あなたに惹かれている。でも、この話を先に進める前に、どうしても聞いておきたくて」

なにを聞かれるんだろうと緊張しつつ、私はうなずいた。

「葉月さんは婚約者と噂されている方がいますよね？　真宮理人さん。会社の上司とか。その方とは結婚されないんですか？」

突然、理人さんの名前が出てきて、動揺する。

そんな私の顔を見て、水野さんは頭を掻《か》き、少し笑った。

「すみません。職業柄、納得いくまで調べる質《たち》なんです」

「いいえ、当然のことです。こちらこそ、ご説明していなくて申し訳ありません。理人さんとは結婚するつもりはありません。彼は祖父の選んだ人なんです」

そう言うと、水野さんは「代理戦争は嫌だなぁ」とつぶやいた。

かなり正確にうちの状況を把握しているようだ。

のんびりしているように見えるけど、やっぱりできる人なんだろうなと思う。

「もう一ついいですか？」

「はい」

「もし真宮さんと僕が溺れていたら、どっちを助けますか？」

いきなり言われて、とっさに理人さんを思い浮かべ、罪悪感に襲われる。

（水野さんを結婚相手だと思うなら、真っ先に水野さんを思うようにならなきゃ！）

そう思い、口を開くと、水野さんがさみしげな表情で首を振った。

「答えなくて大丈夫です。表情でわかりましたから」

「でも！　努力します！　水野さんが一番になるように！」

対応を間違えたと慌てて言ったけど、水野さんは困ったように微笑んだ。

「実はパーティーでお二人を見かけたことがあったんです。仲がよさそうで、葉月さんは恋する女の子って感じで、とても可愛らしかった。なのに、なんで僕にこの話が来たんだろうと思っていたんですよ」

「でも、理人さんはそんなんじゃないんです！　私の我儘に付き合ってくれているだけで……」

水野さんは柔和な瞳で、でも、きっぱりと首を振った。

「僕は結婚を焦っているわけではありません。こう見えてロマンティストなんで、結婚相手には夢があるんです。僕のことが一番と言ってくれる子がいいけど、それは努力するものじゃないと思っています」

それを聞いて悟った。

（あぁ、私はなんて失礼なことを……）

水野さんに取っていた態度を恥じて、私は目を伏せた。

「ごめんなさい。私……」

「謝らないでください。僕に真宮さんを上回る魅力があればよかっただけなんです」

「そんなことありません！　水野さんは魅力的です！　穏やかで優しくて気遣いができて、尊敬できます！　だから、私は……」

「でも、恋愛の好き、ではないでしょ？」

言葉に詰まる私に、水野さんは優しく笑いかけた。

「葉月さんと結婚したら、穏やかでそれなりに幸せな日々が送れそうな気がします。でも、僕はその前に恋愛がしたい。葉月さんのお役に立てなくて、すみません」

「いいえ、こちらこそ、ごめんなさい……」

「あなたと過ごした時間は楽しかったですよ。いろいろ事情がおありのようですが、葉月さんが納得いく形になるようお祈りしていますね」

そう言った水野さんは伝票を持って、立ち上がった。

「僕はお先に失礼しますが、葉月さんはゆっくりしていってください」

「ありがとうございます」

私も立ち上がって、頭を下げた。


水野さんが行ってしまって、私は呆然と椅子に座り込んだ。

喉がカラカラになっているのに気づき、冷えた紅茶を一口飲む。

(バカだわ、私。なにを思い上がっていたのかしら?)

水野さんには本当に失礼なことをしてしまった。

まずは理人さんとの契約を終わらせて、水野さんに向き合うべきだった……

中途半端な気持ちで、「水野さんでいい」だなんて。

なんて傲慢《ごうまん》だったんだろう。

理人さんに優しくされて、励まされて、勘違いしてうぬぼれていた。

「横柄な人は嫌」と断ってきたお見合い相手のことを言えない。

(一番横柄なのは私だわ……)

後悔は後から後から湧いてきて、私を苛《さいな》んだ。

家に帰って、ぼんやりしていたら、焦った声の河合さんから電話がかかってきた。

『お嬢様、水野さんのどこがダメだったんですか？』

「え？」

『水野さんから、僕では葉月さんのお眼鏡に適わなかったと連絡がありました』

振られたのは私なのに、水野さんは気を遣って、私が振ったことにしてくれたようだった。

「水野さんは、私にはもったいないとても良い方でした」

『それなら、なぜ!?』

「なぜ、うまくいかないんでしょうね……」

『とにかく、お願いですから、お嬢様は社長側に付いてください！』

他にいい人いたかしら、と河合さんはつぶやきながら、電話を切った。

(河合さんがこんなに焦るほど、お父様は困った状況なのね)

もう誰でもいいわ。私が役に立つのなら。

これ以上我儘を言わず、理人さんとの契約を解消して、お父様が望む方と結婚しよう――

◇
◆

月曜日は与えられた仕事を無心でこなした。
こんなとき、仕事があるのはありがたい。
これも理人さんが与えてくれたもののひとつだった。
(週末、理人さんに時間を取ってもらって話そう)
そう考えて、まだ未練がましく別れを引き延ばしている自分に気づく。
「契約を終わりにしましょう」とひとこと言うだけで済むのに。
理人さんはきっと「あぁ、わかった」と言うだけだ。
それでも、今日は言う勇気が出ず、「お先に失礼します」と席を立つ。
のろのろと廊下を歩いていたら、後ろから手を引かれた。
「葉月、なにがあった?」
理人さんだった。
強い視線で私の心を一瞬で絡め取る。
彼の顔を見るだけで涙が出そうになって、目を逸らした。
「なにもないです」

「ウソつけ。一日中暗い顔をしていただろ。この間から考え込んでばかりいるし」

本格的に話を聞こうとしてくれたのか、手近な会議室に連れ込まれる。

壁際に追い詰められて、理人さんの顔が近づいてくる。

「ほら、うつむいてないで、話してみろよ」

彼は優しい手つきで私の頬を撫で、顎を持ち上げた。

目もとを緩めて、心配そうに私を覗き込んでくる。

胸がギュッと締めつけられた。

（この優しさが私を勘違いさせたんだわ）

きっと理人さんは、身近に置く誰にでも優しい。

そして、私は契約があったから、彼のそばにいられただけ。

私に価値があったわけじゃない。

彼の特別なんかじゃない。

それはある意味、残酷で、私はふいに八つ当たりめいた怒りに襲われた。

「……理人さんには関係ないことです」

顔を逸らしてつぶやく。

（私の人生はあなたとは関われない……！）

「なんだよ、それ」

私のぶっきらぼうな言葉に少しムッとした様子の理人さんが、強引に私の顔を正面に向かせる。

鋭い目線が私の心の中を覗き込もうとする。

理人さんが口を開きかけたとき、廊下から賑やかな声が聞こえた。

「ねぇ、聞いた？　お嬢様の浮気事件！」

「なにそれ？」

「こないだ、男と仲よさげに銀座を歩いてたんだって」

「私は食事してたって聞いたわよ」

「えー、お嬢様のくせに生意気～！」

「真宮部長がかわいそう！　私が慰めてあげたい！」

「どうせ、真宮部長も会長から頼まれて、しぶしぶお嬢様の相手をしているだけでしょ？」

「たしかに～！　お嬢様に真宮部長はもったいないわよね。社長令嬢はいいなー」

的確な評価に胸が痛い。

そう、理人さんは契約があるから、私に付き合ってくれているだけ。

私が彼に釣り合うはずがない。

「……なるほどな。いい相手が見つかったのか。だから、俺はお払い箱というわけだな」

「お払い箱なんて……」

理人さんは口を皮肉げに歪めて言った。

私の顎を掴んでいた手を放して、身を起こす。

すっと距離を取られたことで、心が離れたのがわかった。

「お優しいお嬢様は、俺に切り出しにくくて悩んでいたってわけだ」

「…………」

違う。

でも、契約を止めようとしているのに違いはなくて、私は力なく首を縦に振った。

「ふ～ん。わかった。心配しなくても、俺は去るものは追わずがポリシーだ。楽しかったよ、お嬢様。じゃあな」

あっさりと理人さんは言って、私の頬をすっと撫でると、会議室を出ていった。


（終わってしまった……）

私はずるずると壁を伝ってしゃがみこんだ。

突然の別れに、心が凍りついて、なにも考えることができない。

空っぽになってしまった。ううん、最初から私にはなにもない。

契約を破棄した理人さんの視線はドライで、切り替えの早い彼のことだから、もう私のことは気にかける対象外になってしまったのだろう。

それを思うと胸が張り裂けるように痛い。

理人さんで埋まっていた心が抉《えぐ》り取られて、空虚になり、その傷痕がじくじくと血を滲ませているようだった。

（やっぱり私は誰からも求められない。価値のない人間なんだわ……）

柄にもなくお父様に逆らってみたけれど、結果はいろんな人を否定して傷つけ、理人さんを煩わせただけだった。

せめて、これからはお父様のお役に立たないと。

それには、空っぽな心は好都合かもしれない。

しばらくぼーっとしていたようで、気がつくと体が冷え切っていた。

立ち上がろうとすると、体が強張っていてよろめく。

机に手を強《したた》かにぶつけてしまった。

「痛い……」

痛い……。痛い……。痛くてしかたない……

一筋、涙がこぼれた。

翌日、理人さんはいたって普段通りに仕事を指示し、私もそれに応えた。

ただの上司と部下の関係。

でも、私が結婚したら、この仕事も取り上げられてしまうのだろう。

それまでのモラトリアム期間。

彼の顔を見るだけで好きな気持ちが溢れて、切なく胸が痛む。それを必死で押し隠す。

（こんな状況で、私は理人さんを忘れられるのかしら……？）

心配しなくても、理人さんはさっさとここを辞めてしまうかもしれない。

もうきっと、この会社にも、私にも、用はないのだから。

そうしたら、二度と私たちの線が交わることはなくなる。

（きっと理人さんは私のことなんて、すぐに忘れてしまう……）

たまたまそばにいたから、契約だから理人さんは私に優しくしてくれただけ。それを特別に思っていたのは私だけ。

私だけがいつまでも彼を引きずっていくんだわ。

彼との日々を忘れられるはずもないのだから。

そんなことを考え、なんとかやり過ごした週の金曜日、いつも通り資料をまとめて提出すると、理人さんが私の腕を掴んだ。

「なぁ、葉月――」

彼がなにか言いかけたとき、突然フロアがざわついた。

総務部長の後に続いて、お父様が現れたのだ。ここにお父様が来ることなんて滅多にない。しかも、その後には一柳さんまでいた。

（どうして一柳さんが？）

理人さんも手を離して、そちらを見やる。

嫌な予感とともに、三人はこちらを目指してやってくるようだった。

「真宮部長、ちょっといいですか？」

硬い表情の総務部長が理人さんに話しかけた。

てっきり私に用事があるのだと思っていたのに、拍子抜けした。

でも、それに続いた一柳さんの言葉に凍りつく。

「君に機密情報漏洩《ろうえい》の疑いがあるんだよね」

「はあ？」

「ちょっと、一柳さん！」

楽しげに言った一柳さんとは対照的に、場所を移そうと考えていたのか、総務部長は慌てて制止した。理人さんは唖然とした顔をしている。

それに構わず、一柳さんは話を続けた。

「情報漏洩《ろうえい》のもとが君のメールだっていうことも調べはついているんだよ」

周囲がざわめいた。

「そういえば、真宮部長はやたらと他部署に出入りしていたな」

「ウソでしょ〜！　ショック！」

「本当なのか⁉」

　みんな好き勝手なことを言い始める。

（情報漏洩《ろうえい》……？　そんな、理人さんがまさか！）

　とても信じられない。でも、ある光景が頭をよぎる。

　──「お借りしていた資料を返そうと思いまして」

　ガーデン美術館から戻ってきた時、理人さんはなにかの資料を中年男性とやり取りしていた。

（でも、機密情報をわざわざうちの封筒に入れるかしら？）

　理人さんの様子を窺うと、なにを言っているんだというような呆れた表情で、一柳さんに反論をした。

「どこのどいつがご丁寧に自分のメールアドレスで情報を漏洩《ろうえい》するんです？　それになぜ外部のあなたがそれを知っているのですか？」

「知り合いから、『水鳥川興産の情報が洩れてきた』と連絡があってね。木元商事って覚えがあるだろ？　それで、肇社長に相談したんだよ。それで僕の会社が内密に調査を引き受けたってわけ。もちろん、発信源が隠された跡はあったよ。でも、専門分野だからね。すぐわかった」

（木元商事……木元商事……聞き覚えがある）

私が考えているうちに、理人さんがまた言い返す。

「そんな会社には覚えがないし、あなたのあやしい調査の結果と言われても納得できない。総務部長、ちゃんと会社として調査してください」

「あ、あぁ」

総務部長は答えながらも、ちらっとお父様を見た。

「一柳くんが証拠を掴んでいるのだから、必要ないだろう」

「あるでしょう！　お父様、ちゃんと調査してください！」

黙っていられず、私は叫んだ。

このままでは、理人さんが一方的に断罪されそうだった。

「葉月、お前は関係ない。黙っていろ」

「関係あります！　理人さんは私の婚約者ですから！　それに理人さんがそんなことするはずありません」

私が言うと、渋面《じゅうめん》になったお父様に代わって、薄ら笑いを浮かべた一柳さんが答えた。

「葉月さん、それがする理由があるんですよ」

「ないね。金には困っていないし、意味がない」

理人さんがきっぱり言っても、一柳さんは余裕の表情を崩さず、私を憐《あわ》れむように見た。

「葉月さん、あなたは騙されているんですよ。この男は潰れたマミヤ製作所の御曹司で、その技術を水鳥川興産に盗まれたと逆恨みしているんです。だから、あなたや会長に近づいて、この会社にダメージを与えるチャンスを窺っていたんです」

私は息を呑んだ。

理人さんからお父様が早くに亡くなったとは聞いていた。そして、借金が残ったとも。もし、それがうちの会社のせいだとしたら……？

信じたくない事実に、心臓が早鐘を打つ。

（それで私に近づいてきたの……？）

確かに、最初から理人さんはやたらと私に構ってきた。あっという間に、距離を詰められた。心を奪われた。

理人さんがその気になったら、私を攻略するなんて、簡単なことだっただろう……

だんだん顔がうつむいてくる。

「確かに、俺の親父はマミヤ製作所の社長だったし、そのことを調べてはいたが、ただの好奇心だ。今さら恨んじゃいないし、もちろん情報漏洩《ろうえい》はしていない」

冷静な声にハッと目をやると、理人さんが私をまっすぐ見ていた。

いつもの強い意志を感じさせる眼差し。

私の好きな強《したた》かな瞳。

（違う。彼じゃない。私は理人さんを信じるわ）

彼はそんな卑怯なやり方はしない。

それだけは確信が持てた。

「私は騙されていません」

一柳さんに静かに告げる。それが事実だから。

そして、お父様を見た。

「お父様、水野さんに調べてもらいましょう。彼の会社がうちのセキュリティシステムを担当したのでしょう?」

そう言って、お父様の返事を聞く前に私は電話をかけた。

「もしもし、お祖父《じい》様?　理人さんに機密情報漏洩《ろうえい》の疑いがかけられています。MSSシステムに調査してもらっていいでしょう?」

「葉月!」

電話の相手を悟って、お父様が怒鳴った。

『もちろんだ。すぐ秘書を遣《や》るから待っていろ』

お祖父《じい》様の秘書が、すぐその場を収拾に来た。

そして総務部長と相談して、一旦、理人さんは自宅待機となった。彼は大人しくうなずいた。

さらに別の秘書が来て、水野さんの会社——MSシステムへの手配は終わったと言って、理人さんのノートパソコンを持っていった。

木元商事という会社のことも思い出した。理人さんのいないときにばかり電話がかかってきた会社だ。

不審に思って、ナンバーディスプレイの番号を控えておいたので、お祖父様《じい》の秘書に伝える。

（これで、きっと大丈夫よね？）

理人さんは会社を去る前に、「葉月、助かった。ありがとう」とささやいた。

お役に立ててうれしいと思う反面、私に関わらなかったら、こんなことにならなかったのではないかと申し訳なく思う。

お父様と一柳さんはいつの間にか姿を消していた。

◇◆

「こんなに早く、しかも、こんな形で葉月さんに再会するとは思いませんでした」

日曜日、水野さんに呼び出されて、レストランの個室に案内された。

飲み物だけを頼んで、改めて挨拶した後、彼は相変わらず柔和な顔で、私を気づかう表情を見せた。

「この度はお手数をおかけして、すみませんでした」

「いいえ、仕事ですので。それに本来なら、依頼主は水鳥川興産様なので、こんなふうに葉月さんにお伝えするのは間違っているとは思うのですが……」

そう言って、水野さんは沈痛な面持ちで私を見た。

そんなに悪いことが発覚したのかしら？

まさか、本当に理人さんが？

バクバクする胸を押さえて、続きを促すと、水野さんは重たげに口を開いた。

「調査の結果、真宮さんのメールアドレスは遠隔から操作された痕跡《こんせき》がありました。その操作元は残念ながら、いくつも迂回《うかい》されていて、わかりませんでした」

つまり、理人さんの疑いは完全に晴れていないということかしら？

私が質問する前に、水野さんは言葉を続けた。

「でも、くだんの機密情報にアクセスするシステムを調べたところ、ひとつのイレギュラーなパスワードが使用されていることがわかりました」

一旦、言葉を切った水野さんは、私に覚悟を促すように見つめた。

「そのパスワードは、あなたのお父様、水鳥川社長のものでした」

「え、お父様の……？」

想像すらしていなかった名前が出てきて、私は固まった。

水野さんはまっすぐ私を見て、間違いようのない言い方をした。

そして、私の問いかけにもしっかりうなずく。

「もちろん、水鳥川社長が自らなにかをしたという証拠が出てきたわけではありません。でも、少なくとも、あのパスワードをご存知なのは彼だけなので、なんらかの関わりはあると思います」

水野さんが会社に報告する前に私に話した理由がわかった。

つまり、お父様が理人さんを陥《おとし》れようとしたってことかしら？　一柳さんはどこまで関わっているの？

（お父様、そこまでして……）

悲しい気持ちになり、うつむいた。

「公になってから知るのはつらいかと思いまして、事前に伝えさせてもらったのですが……差し出がましい真似をしてしまって、すみません」

謝られて、慌てて顔を上げたら、水野さんが眉を下げてすまなさそうな顔をしていた。

彼が悪いわけじゃないのに。

「いいえ、ありがとうございます！　水野さんが教えてくださらなかったら、私は詳しいことを知らされないままだったかもしれません。お祖父様《じい》がこの問題をどう処理されるかわかりませんが、正確な情報を知ることができてよかったです。感謝します」

私が頭を下げると、水野さんは弱々しく笑った。

「僕は葉月さんに対して、こんな役割ばかりで、悔しいなぁ。次は楽しい話題でお会いしたいですね」

話が終わり、水野さんは私の心情を慮《おもんぱか》ってくれたようで、一口だけ飲んだコーヒーを残して立ち去った。

（本当に優しい人……）

残された私は、またもや冷え切った紅茶を飲んだ。

ショックは受けている。

でも、理人さんがこの件に関わりがなかったことにほっとする気持ちの方が大きくて、親不孝な娘だと思う。

（これから一体どうなるのかしら……）

お祖父様《じい》がこの事態にどう決着をつけるのか、まったくわからない。

ただ、皆の前で犯人扱いをされた理人さんの疑いは晴らしてほしかった。

一柳さんの暴露があってから、ちょうど一週間。

理人さんは自宅待機のままだった。

水野さんからはとっくに報告があがっているはずなのに……

いつの間にか戻ってきていた理人さんのパソコンを見つめる。

(理人さんはどう過ごしているのかしら?)

彼が不安に駆られている様子は想像できなかったけど、不快に思っていることは間違いない。

お父様の会社が倒産したことにもうちの会社が関わっているみたいなのに、今度はこんな疑いをかけられて、きっと嫌気がさしているに違いないと思う。


あれから、過去の記事など当たって、マミヤ製作所のことを調べてみた。

マミヤ製作所は中堅の生活家電メーカーだった。

ちょうど十年前に、経理部長の莫大《ばくだい》な使い込みで一回目の不渡りを出したため、銀行が貸し剥がしを始め、倒産寸前だった。

そこで、保険金を借入金に充《あ》てるため、理人さんのお父様が自殺してしまったのだ。

それなのに保険金は下りなかったようだ。

そこに、うちの会社が手を差し伸べた形で、技術部門のみ事業買収して、マミヤ製作所は廃業した。

きっと理人さんは、この最後の部分が適切だったのか知りたかったのだろうと思う。

理人さんは興信所を使っていたのかもしれない。いつぞやの封筒の受け渡しを思い出して、そう思った。

（調べた結果はどうだったのかしら？）

自社資料に当たってみても、よくわからなかった。

詳細はわからないまでも、前に理人さんから聞いたときに想像したよりずっとハードな話だった。

（理人さんは恨んでいないと言っていたけど、わだかまりはあったはずだわ。そんな会社の社長令嬢の婚約者にされて、どう思っていたのかしら……）

あれこれ考えては落ち込み、なにかできることはないかと思い悩んでいると、金曜日、理人さんが普通に出社してきた。

同時に総務部長もやってきて、声を張り上げた。

「皆さん、おはようございます。先週はお騒がせしました。調査の結果、真宮部長の疑いは晴れました。彼は名前を騙られただけの被害者でした。真宮部長、本当に申し訳ない」

総務部長が頭を下げたので、私も慌てて立ち上がり、「私からも謝罪します。申し訳ございませんでした」と頭を低くした。

「いいえ、気にしていませんので、どうか頭を上げてください。引き続き、よろしくお願いします」

理人さんはさらっと言って、微笑んだ。

そして、席につき際《ぎわ》に、私の肩をポンと叩いて言った。

「葉月と社長は別人格だ。お前が責任を感じる必要はない」

「でも……！」

優しい言葉に申し訳なさが募る。

さらに謝罪を重ねようとすると、理人さんはニヤッと笑い、私の耳もとでささやいた。

「どうしても気が済まないというなら……今夜付き合え」

「え？」

慌てて彼の顔を見るけど、澄ました顔で席について、パソコンを立ち上げている。

（付き合えって……）

言葉の通りかしら？　私と話がしたいってこと？

今回の事情を詳しく知りたいとか？

きっと、そうよね。

そう思うものの、理人さんが言うと、別の意味にも取れて、私は頬を染めた。

（今夜、理人さんと過ごせる！）

そう思うだけで、胸が高鳴り、期待にうち震えてしまう。

だけど、私はうれしくても、理人さんにとっては、きっとこの気持ちは迷惑なだけ。

理人さんの事情を知った今、邪魔にしかならない恋心を持て余して、そっと溜め息をついた。

◇
◆

「飯の仕度をするから、適当に座っていろ」

そう言われて、いつものソファーに腰かける。

外食でもするのかと思っていたら、理人さんの部屋に連れてこられた。

久しぶりの彼の部屋——と思ったけど、実際は二週間ほどしか経っていなかった。

(その間にずいぶんいろんなことがあったわ)

理人さんと私の関係も決定的に変わってしまった。

契約解消した今、私たちはどんな関係なんだろう？

理人さんはどう思っているのかしら？

最後に会議室で言葉を交わしたときの冷たい目を思い出す。

あの時、理人さんは私に見切りをつけていたと思う。

それなのに、今は以前の親しさが戻っているようで戸惑う。

今回の件で私に感謝してくれているとか？

でも、そういうニュアンスでもないような気もする。

(そういえば、先週お父様たちが来る直前にも、なにか言いたげに「葉月」って呼んでいたかも……？)

そんなことをぼーっと考えていると、準備が終わったらしい理人さんが戻ってきて、隣に座った。

「なあ、葉月……」

理人さんは躊躇《ためら》いがちに、私の髪に手を滑らせ、一房取った。

とくんと心臓が跳ねる。

私を流し見る目の磁力がすごくて、視線が吸い寄せられて離せない。

しばし見つめ合ったのち、理人さんの顔が近づいた。

距離がゼロになっても、私は動けなかった。

唇を離すと、理人さんは髪を掻《か》き上げ、ぼやいた。

「あぁー！　そんな目で見るなよ！　話ができなくなるだろ！　まいったな」

(な、に、今のは？　そんな目って、どんな？)

驚きと疑問で頭がいっぱいになって、私はただ彼を見つめた。

彼も目を合わせ、首を傾げる。

「なあ、葉月。なんで婚約を解消してないんだ？」

一度触れ合ったら、以前の勘が戻ったというように、私の頬をくすぐり、髪を梳きながら、理人さんは問いかける。

「それは、この状況で解消なんてしたら……」

「その前のことだよ。時間はあったはずだろ？」

「それは……お祖父《じい》様に言うのを忘れていただけで……」

「ふ～ん、忘れていた、ね」

口ではそう言いながら、私の未練がましさを見抜かれているようで、後ろめたくて、うつむいた。

「こら、うつむくな」

優しく顎を持ち上げられ、まっすぐ見つめられる。

「なあ、お前はどうしたい？」

そう問われて、自分の望みなんて考えていなかったのに気づく。

代わりに私の決心を語った。

「お父様とお祖父《じい》様の対立が激化していると聞いて、私はもう我儘を止めて、誰でもいいからお父様の命ずる方と結婚しようと決めたんです」

「なるほどね。そういうことか……」

理人さんはひとりで納得したようにうなずく。

そして、問いを重ねた。

「誰でも？　一柳でもか？」

一時はそこまで覚悟したので、躊躇《ためら》いつつもうなずくと、突然に抱きしめられた。

「それは許容できないな」

耳もとでささやかれる声に、胸が躍る。

（理人さん、どうして……？）

彼の考えが全然わからない。

一柳さんは今回の件で理人さんを陥れようとしていたから、許せないのかもしれない。

「それで、状況が変わった今はどうだ？」

理人さんが腕の中の私の顔を覗き込んでくるけど、私は目を逸らして、つぶやく。

「わかりません。もうどうしたらいいのか」

もともと私には大した意思はない。

一時的な感情のままに理人さんに契約を持ちかけてしまい、お見合い相手の方々に失礼なことをして、お父様まで追い詰めてしまった。

私が大人しく従っていたら、きっとお父様もあんなことをしでかすことはなかったはず。

(どうしたらいいの?)

首を振る私を、理人さんは逃してくれなくて、「お前の望みは?」と重ねて聞いてくる。

私の望みなんて決まっている。

理人さんしかいない。

でも、それは言えない。

黙って首を横に振ることしかできない。

「葉月……。誰でもいいなら、俺でもよくないか?」

「え?」

思いもよらない言葉に、さっきから驚いてばかりだ。

彼を見上げると、予想外の表情をしていた。

(照れくさそう? まさか)

「今のまま継続するっていうのはどうだ?」

契約を継続?

それって、もしかして抱きたいってことかしら?

さっきからスキンシップが増えている。

でも、私は――

「……理人さんは本当に恨んでいないのですか？　私はお父様の仇《かたき》みたいな会社の娘ですよ？」

「なんだ、そんなの気にしていたのか。相変わらず、真面目だな」

理人さんは気安く笑った。

「この間も言ったが、もう十年も前のことだ。恨んでないし、そもそもお前はこの件に一切責任はないだろ」

「でも……」

「真相を聞きたいか？」

納得していない私は大きくうなずく。彼はしょうがないなと笑った。

「そもそも発端は経理部長が億単位の金を持ち逃げしたことなんだ。その額の多さに一時期ニュースにまでなったよ。管理体制の甘さだとかなんだとか非難されて、親父も追い詰められたのか、保険金をあてにして自殺した」

「バカだよな」とつぶやく彼を抱きしめる。

「そんな悲しいことを言わないでください」

理人さんはふっと笑って、私の髪を弄《いじ》くりながら、話を続けた。

「結局、保険金は下りないわ、会社はどうするかとなって、とりあえず、おふくろが社長、叔父が副社長になった。でも、親父にべた惚れだったおふくろはショックで寝込み、叔父が技術部門を売れば借金が返せると水鳥川興産からの話を持ってきて、会社が清算された」

私の後ろ髪を撫でながら、続けられた言葉に胸が痛くなった。

「借金もなくなったが、うちにはなにも残らなかった。家も金も。そして、おふくろも親父を追うように亡くなった」

なんと言ったらいいのかわからず、私は理人さんにしがみつくことしかできなかった。

「葉月がそんな顔をすることはない」

頬を撫でられ、反対に理人さんに慰められる。

「ごめんなさい」とつぶやくと、キスされた。

つい、と視線を上げて、理人さんは遠い目をする。

「まぁ、今思うと、借金と会社を抱えて泥沼になるよりは、スッキリ片づいてよかったよ。叔父も水鳥川興産からいくらかは金をもらったようだが、大病を患《わずら》って、とっくの昔に亡くなっているし。いろいろ調べてみて、当時の銀行の担当者と水鳥川の技術部長の企《たくら》みだったようだが、それほどあくどいことをしていたわけでもないことがわかった」

一気に話した彼は小さく息をついて、話を続ける。

「水鳥川興産とマミヤ製作所の銀行担当が同じだったようで、マミヤで赤を被りたくなかったから、水鳥川に話を持ち掛けてうまいこと清算したらしい。俺の家庭に一切の配慮がなかっただけだ。そのあとのことは、前に話した通りだな」

話し終えた理人さんは私の髪に顔を埋《うず》めた。そして、拗ねたような声を出す。

「……しゃべりすぎた」

この人は、こうやって突然可愛いことを言うからずるい。

どんな表情をしているのか見たかったけど、顔と腕で頭を押さえ込まれて動けなかった。前に「黒歴史」を語ってくれた時と一緒だった。

ピーッ。

電気圧力鍋の音がして、パッと理人さんは私を離した。

「できたな」

さっさとキッチンへ向かう彼の顔はいつも通りで、でも、ちょっと耳が赤い気がするのは願望かもしれない。

私も手伝おうとついていくと、冷蔵庫からボウルに入ったサラダを出して、皿によそうように言われた。

今日のメニューは、ホワイトシチューに、カリカリに焼いたバゲット。

やさしい味のシチューは、悲しい話に重くなった心を温め、解《ほぐ》してくれるようだった。

美味しい食事が終わって、いつも通り一緒に片づけをすると、理人さんにソファーで抱き込まれた。

「なあ、葉月。さっきの答えを聞いてない」

耳にキスしながら、理人さんがささやく。

（さっきのって、契約継続の？　この感じはやっぱり抱きたいってことかしら？）

返事を促されて、理人さんを見上げる。

理人さんと二度とこうして触れ合えるとは思っていなかったから、私はひたすらうれしい。

でも、いつまで？　もともとの契約期間が終わるまで？　それとも事態が収拾するまで？

いろいろ疑問は湧いてきたけれど、ずるい私は理人さんとの時間を引き延ばしたくて、うなずいた。

「はい。喜んで」

私の返事に理人さんは満面の笑みになった。熱い口づけが降ってくる。

「葉月……」

艶っぽい声で名前を呼ばれ、また口を塞がれる。

私は歓喜に満たされ、すぐに始まった彼の愛撫に夢中になった。

ついばむようなキスをしたり、濃厚に舌を絡められたりしながら、セーターの裾から理人さんの手が潜り込んでくる。背中をさすって、ブラのホックを外す。

キスだけで蕩けそうになっているのに、直に胸の膨らみを揉まれ、ピンと立った先端を指で弾《はじ》かれると、ビクンとお腹の奥が収縮した。

理人さんに縋った手に力がこもると、彼は楽しそうに笑って、胸の尖りを摘んだ。

「んんっ」

快感が全身に広がって、体をくねらす。

待ち望んでいたからか、いつもより感じてしまって、恥ずかしい。

そんな私に「可愛い」とつぶやいて、理人さんは上衣を脱がした。

「ベッドに行くか」

心もとない格好になった私をニヤッと見て、彼は私をひょいっと抱き上げた。

「きゃあ！」

慌てて、理人さんの首もとに抱きつく。

「可愛い」ともう一度つぶやいた理人さんは、チュッチュッと私の顔やこめかみにキスを落としながら寝室に行き、私をベッドに下ろした。

そのまま、私に覆いかぶさった彼は、キスの合間にどんどんスカートや下着を脱がしていき、愛撫を重ねる。

私は潤み、喘ぎ、蕩けた。

「葉月」

甘い眼差しに見つめられ甘い声で呼ばれ、理人さんが私の中に入ってくる。

幸せで涙がこぼれた。

理人さんが優しくそれを拭ってくれ、うれしくて微笑むと、微笑み返されて口づけられる。

(こんなに甘く優しくされたら、勘違いしそうになるわ……)

そんなことを考えたのもつかの間、彼が腰を動かし始めて、思考まで溶かされた。


甘い甘い夜を過ごして、理人さんに抱きしめられて眠る幸せを堪能して帰宅した私に、お祖父様《じい》から電話がかかってきた。

その内容を聞いて、浮き立った気分が急降下した。

『今日、緊急の取締役会を開いて、肇くんは急病で退任してもらうことにしたよ』

「そんな……!」

『私に反発するのはいいが、自社の情報を持ち出して、真宮くんに濡衣《ぬれぎぬ》を着せ、私の責任問題にしようとするなど稚拙すぎる。どうやら一柳に焚《た》き付けられたらしいが、言語道断だ』

お祖父様《じい》はかなりご立腹のようで、私に口を挟むすきを与えなかった。

『幸い、本当に情報が洩れたわけではなかったから、社内のことで済ませられたが、情報が本当にライバル会社に渡っていたら、背任罪で刑事事件にするところだ』

そこまでのことだったとは思わず、息を呑む。

そんな私にお祖父《じい》様は少し口調を緩めた。

『あと、マミヤ製作所のことも調べさせた。当時、専務だった肇くんと技術部長と銀行が絡んでいたようだな』

「お父様まで⁉」

技術部長と銀行が関わっていたというのは理人さんに聞いていた。でも、そこにお父様まで絡んでいたとは初耳だった。

『マミヤ製作所の経営がおかしくなる前から、技術提携の打診はしていたようだったが、真宮社長が自殺した直後に安く技術を買い取ったようだな。私は肇くんから、新設した技術部が技術開発したと聞いていたが、実際はマミヤ製作所の技術で、今もミトコウの商品に使われているものだ』

「この件のこと、理人さんはご存知なんですか？」

『知っているさ。私が直接問いただしたからな。彼は本当に事実を知りたかっただけのようだった』

（理人さんは敢《あ》えて私に黙っていてくれたんだわ……）

優しい心遣いに胸が切なくなる。

『肇くんは後ろめたかったのだろうな。マミヤ製作所が資金繰りに困っているときには敢えて手を差し伸べず、真宮社長が自死したあと、火事場泥棒のように技術だけかっさらって』

「……」

『真宮くんがなにかを嗅ぎ回っているというので、復讐されることを警戒して、彼を排除しようとしたのかもしれない』

それにしたって、安直すぎるが……と、お祖父様《じい》は深い溜め息をついた。

そして、ガラッと口調を変えた。

『それでだな。とりあえずは、私が社長に返り咲くことになったが、葉月、お前の婿が次期社長だ。予定よりずいぶんと早くなったが、覚悟しておけ』

「私の婿……」

『そうだ。世間もそう見るだろうから、有象無象《うぞうむぞう》が群がってくるだろう。しっかり真宮くんに守ってもらうんだな。まぁ、彼よりも相応《ふさわ》しい男を見つけたら、さっさと婚約者を取り替えるがな。彼にもそう発破をかけておいた』

「はい……」

お祖父様《じい》の言葉に、理人さんの行動の意味がわかった。

彼はお祖父様《じい》に頼まれて、相応《ふさわ》しい人が現れるまで守ってくれようとしているんだわ。

だから、契約を継続しようと言ったのね。

お祖父様《じい》は私の婿が社長になるのはまだ先だから、育てていこうと思われていたのだろう。でも、計画が狂った今、即戦力を期待していると思う。ちょうどいい人材がいたら、迷わず私と結婚させるのだろう。

きっと理人さんもそう思っているんだわ。それまでの暫定的な婚約者役だと。

（お父様のことで、私を見放してもいいはずなのに、優しい……）

もう充分理人さんに幸せをもらったわ。

あとは家のために生きていける。

「わかりました、お祖父様《じい》」

私は覚悟を決めてうなずいた。

◇

◆

月曜日、お祖父様《じい》がおっしゃった通り、お父様の退任が発表され、蜂の巣をつついたような騒ぎになった。

そして、情報漏洩《ろうえい》の件は箝口令《かんこうれい》が敷かれた。

お父様は部屋に閉じ籠《こ》もって出てこられず、お母様は呆れていた。

その日からひっきりなしに私のもとへいろんな方から連絡が入った。

それをお断りするのに疲れ果てる。

『決まった方がいますので』と断る理由を作ってくれた理人さんに感謝した。

その理人さんのもとにも来客が増えたし、彼自身も外出が増え、この一週間はほとんど顔を合わせることがなかった。

翌週も同じような感じで、精神的に疲れていたところ、理人さんを訪ねて、藤田社長が来ているのを小耳に挟んだ。

「見たか？　すっげー、美人だったよな」

「真宮部長もやるよな〜。お嬢様というものがありながら」

「商用ですよ！　真宮部長がそんな年増に引っかかるわけないです！」

「そうよ。ちょっと美人だからといって真宮部長に限ってないわ！」

男性社員が色めき立ち、女性社員は腹を立てていた。

（藤田社長が……）

私は気になって、飲み物を買いにと言い訳をして、無駄に廊下をうろうろしてしまった。

そこに、藤田社長と理人さんの声が聞こえてきた。

慌てて身を潜める。

「本当に本気なの？」

「だから、そう言っているじゃないですか」

「考え直した方がいいと思うけど」

「だから、何度も言いますけど、誰が社長なんてしち面倒くさいことをやると思うんですか？」

理人さんの本当に面倒くさそうな声。

わかってはいたけれど、直接、理人さんの本音を聞いて、心が軋《きし》んだ。

私はそっとその場を立ち去った。

その足で空き会議室に入り、お祖父様《じい》に電話する。

「お祖父様《じい》、葉月です。今、よろしいでしょうか？」

『あぁ。どうした、こんな時間に？』

「真宮理人さんとの婚約を解消したいんです。お願いです。他の人を探してください」

「だが、彼は……」

「お祖父様《じい》、お願いします！」

驚くお祖父様《じい》に強引にお願いをした。

理人さんを煩わせてしまっていることに改めて気づいた。

彼はただ婚約者のフリをしてくれているだけなのに。

それに、このままだと理人さんは無理やり私の婿にされてしまうかもしれない。因縁のある会社の社長なんか、絶対やりたくないだろうに。

それだけは避けないといけないと思った。

無理やりお祖父《じい》様から了承の言葉を引き出すと、私は力が抜けて椅子に座りこんだ。

手で顔を覆うけど、涙は出てこない。

相変わらず、私から理人さんを取ったら、空っぽになってしまうみたいだ。

でも、もう普通に理人さんの顔は見られない。見た途端、今度は想いが溢れて泣いてしまうかもしれない。

どうしよう……?

(こんな時、どうしていたかしら?)

「モネ……」

ここまでつらいことはなかったけど、落ち込んだ時はモネの睡蓮をぼーっと見ていた。

——休みを取って、行けばいいじゃないか。

ふと理人さんの言葉が蘇る。

(そうだ、オランジュリー美術館に行ってみよう)

日本にいても、いろんな人からの連絡で辟易するし、理人さんが忙しすぎて、仕事の指示もあまりない。来週はどちらにしても仕事納めだし、私がいなくてもなんとかなるわ。

有給休暇はたっぷりあるし、申請は理人さんじゃなく宇部部長にすればいい。

とにかく今はすべてから逃げたかった。

そう思った私は、理人さんが戻ってくる前に、早退と有休申請をして帰宅した。

五章　私を変えたのは、あなた

「真柴さん、今すぐパリ行きのチケットを取ってくれない？　ホテルの予約もお願い」

「今すぐですか？」

午後も早いうちに帰り、いきなりそう言った私に、さすがの真柴さんも驚いて聞き返した。

「そう、可能な限り早く」

私の切羽詰まった様子に感じるものがあったのか、彼はうなずいた。

「かしこまりました。準備ができましたら、お声がけします。旅行の支度もさせましょうか？」

「はい。お願いします」

「何泊のご予定でしょうか？」

「とりあえず……一週間」

「承知いたしました」

自室に戻ると、なにか持っていくものがあるかしらと考えるけど、旅行に行き慣れていない私にはさして浮かぶものはなく、きっとメイドさんが準備してくれると、思考を放棄した。

なにもかも忘れて、ぼーっとモネの絵を眺めたかった。

有能な執事は驚くほどスムーズにすべてを手配してくれて、十七時には私は成田空港から飛行機に乗っていた。

離陸して、すぐドリンクのリクエストを聞かれる。

お茶をお願いして、目を閉じる。

「お待たせいたしました」

CAが持ってきてくれたのは、芳醇な香りにフルーティな味わいが評判の高級茶だった。

でも、残念ながら、あまり味がしない。

(理人さんが淹れてくれたお茶の方が美味しかったわ……)

その後すぐにディナーのメニューを渡され、洋食か和食かどちらがいいか聞かれたけど、まったく食欲がわかず、断った。

「それでは、なにか軽食をお持ちしましょうか？」

それも断ろうかと思ったけれど、ふと思って、シャンパンを頼んだ。

シャンパンにピクルスやチーズ、トリュフチョコレートが付いてきた。

私にしては速いピッチでシャンパンを飲むと、ＣＡがすぐ追加を注いでくれる。

チョコを摘んでみたら、濃厚な味が口の中で蕩ける。

理人さんが好きそう。

（あぁ、もう！）

ガブリとシャンパンを飲む。酔って、すべてを忘れたかった。

それなのに、頭は冴えているようで、どんどん頭の中が理人さんでいっぱいになって、どうしようもなかった。

気晴らしに映画を観てみる。

ほとんど内容は頭に入らなかったけど、画面を追うだけで、気が紛れた。

いつの間にか寝ていて、夜食を聞いて回っているＣＡの声で目覚めた。

飛行時間は十二時間。あと三時間ほどで、シャルル・ド・ゴール空港に着く。

それでも、時差があるから、十七時に出発したのに二十一時に着くのが不思議。

本当は着いたらすぐにでもオランジュリー美術館に行きたいのにそうもいかず、溜め息をつく。

寝たら少しすっきりして、お腹も空いてきたので和食を頼んだら、ご飯にお味噌汁、関鯖の幽庵《ゆうあん》焼き、春菊のおひたしという理人さんの作りそうな朝食メニューだった。

（もう、なにをしても理人さんのことを考えてしまう）

もう一度、溜め息をついて、あきらめる。

（今は婚約者もいないし、理人さんのことを想うだけなら、誰も咎《とが》めないかも）

そう思ったら、気が楽になった。

◇
◆

飛行機がシャルル・ド・ゴール空港に着陸した。

遅い時刻なので、お店は閉まっているし、お客も少なくガランとしている。

当たり前だけど、周りは警備員も含めて西洋人や黒人ばかりで、それどころか中には武装軍人も巡回していて、異国に来た緊張感にピリリとする。

入国審査を受け、荷物をピックアップし、到着ロビーを出ると、『welcome 水鳥川葉月様』というプラカードを持った日本人女性がいた。

真柴さんが用意してくれたツアーコンダクターだ。

「市原知子《いちはらともこ》と申します。フランスへようこそ、水鳥川様」

「市原さん、はじめまして。急にこんな遅い時間に対応していただいて、ありがとうございます」

「いいえ、とんでもないことです。お声がけいただけるだけで、ありがたいので」

市原さんはにこやかに言って、名刺を差し出した。

「こちらにご滞在中は、レストランや観劇の手配等、なんでも気軽にお申しつけくださいませ」

完全に思いつきの旅行で、ガイドブックも空港で買っただけの状態だったから、とても助かる。

「こんな時間ですので、すぐホテルに向かいますか？　市内を車で回ることもできますが。ちょうどクリスマスのイルミネーションが綺麗ですよ」

そう言われてみれば、明後日はクリスマス・イブだ。

残念ながら私はイルミネーションを楽しむ気分でもなかったので、首を振って、ホテルに直行してもらうことにした。

市原さんとタクシーに乗り、市街へ向かう。

ホテルに着くまでの間、市原さんが話しかけてくれたけど、ぼんやりしていて反応の悪い私を疲れているのかと気遣ってくれて、ありがたく目を閉じた。

パリの中心街にあるホテルはアール・デコ様式の格調高い建物だった。エントランスに入ると、大きな本物のモミの木のクリスマスツリーが正面にある。赤と緑を基調としたフラワーアレンジメントに飾られたロビーはとても美しかった。

私がそれをぼーっと見ている間に、市原さんがテキパキとチェックインしてくれて、鍵を渡される。

「それでは、今日は失礼させていただきます。明日のご予定はなにかございますか？」

「オランジュリー美術館に行きたくて」

私の決まっている予定はそれしかない。

「それは素敵ですね。それでは、何時にお迎えにあがりましょうか？」

「いいえ、そこまではひとりで行けると思います。それ以降はまた相談しますね」

「承知しました。名刺に携帯電話の番号がございますので、なにかありましたら、お電話ください。パリの冬は冷え込みますので、どうか暖かくしてお出かけくださいね」

「ありがとうございます」

市原さんが去った後、部屋に案内されて、ようやくひとりになる。

部屋は重厚な外観とは打って変わって、真っ白なインテリアに差し色でピンクルージュが使ってある、モダンで可愛らしい内装だった。

白い猫脚ソファーに腰かけて、溜め息をつく。

飛行機の中で充分寝た気がしたけど、眠りは浅かったようで、眠くてたまらなくなった。

でも、一瞬外に出ただけでも体が冷え切っていたので、バスタブにお湯を溜めて、ゆっくり浸かることにする。

お風呂からあがると、バスローブをはおった。

ホテルに備え付けのアメニティはあるけれど、私はメイドがスーツケースに入れてくれていたいつものアメニティを使った。

化粧水をつけながら、思い出す。

この間泊まった時には、理人さんの部屋に私のアメニティはまだあった。

(でも、今度こそ捨てられてしまうわ……)

そう思うと、少しだけ涙が出た。

翌朝、目覚めたけれど、時差のせいか少しぼんやりする。

レストランに行く気力はなかったので、ルームサービスで、パリジャン・ブレックファーストというのを頼んだ。

すぐに焼き立てのパンにチーズ、ジャム、バターが添えられたものと、フレッシュジュースに紅茶が運ばれてきた。

ゆっくり食事をしながら、ガイドブックを開く。

このホテルからオランジュリー美術館までは、シャンゼリゼ通りをまっすぐコンコルド広場まで歩いたら着くみたいだ。

地下鉄に乗るのが一番早いみたいだけど、急いでないし、歩いてみようかしら？

窓の外にはエッフェル塔が見えて、本当にパリに来たんだなと急に実感が湧いてくる。

昨夜は余裕がなくて気がつかなかったけど、夜になったら、ライトアップも綺麗だと思う。

着替えて、ロビーまで下りた。

ロングのダウンコートに手袋をして、しっかり防寒対策もした。

コンシェルジュに聞くと、オランジュリー美術館まで歩いて三、四十分かかるらしいけど、シャンゼリゼ通りはいろんな店があるから、楽しめるだろう、とのこと。

(疲れたら、カフェにでも入ればいいわ)

私はそう決めて、ホテルを出た。

凱旋門《がいせんもん》を背にして、シャンゼリゼ通りをゆっくり進む。

瀟洒《しょうしゃ》な建物が続き、パリ名物の歩道に張り出したカフェのテラス席もあった。この寒いのにパリジャンたちがそこで笑いさざめいていた。手袋をしていても手がかじかんで、吐く息も白いのにと、感心する。

それを眺めながらオランジュリー美術館を目指して石畳をひたすら歩く。壮麗なグラン・パレ、プチ・パレを通り過ぎ、思ったより早くコンコルド広場に着いた。

その向かいがオランジュリー美術館だ。

元は温室だったというオランジュリー美術館は、ガラス張りの建物で、その優美な入口を眺め、感慨にふける。

（こんなに早く夢が実現できるとは思わなかったわ）

理人さんに背中を押されて、私はここまで来た。

思ってもみない自分の行動力に今さらながら驚く。

チケットを買って中に入ると、まだ開館したばかりだからか、客は誰もおらず、私だけの貸し切りだった。

開放的な部屋の壁全面に、憧れだったモネの睡蓮が展示されている。

（わぁ……）

四方をそれぞれ表情の違う『睡蓮』に囲まれて、感動で私は立ち尽くした。

壁一面に広がる睡蓮。

明るい絵から暗い絵。繊細なタッチから荒いタッチ。

時の移り変わりを描写しているのだけど、私には心境の変化にも見えた。

見るときによって、惹かれる絵が違っていくような、すべてを内包しているような絵。

(今の私はどれなんだろう?)

ぐるりと部屋を見回してみる。

暗めの絵にも惹かれるけれど、憧れの場所に来た高揚感もあって、光が明るい睡蓮にも目が吸い寄せられる。

この睡蓮は、モネが八十歳を過ぎて白内障の手術を受けてから描いたものだ。

一枚だけでも大作なのに、それが八枚もある。

高齢で目を悪くして、それでも描き続けたモネに改めて尊敬の念を覚える。

――それに引き換え、私はなにをやっているのかしら?

画家にとって一番大事な視力を失いそうになってもまだ足掻《あが》き続けて、これほどのものを残したモネ。

それと比べられるものではないけれど、私は足掻《あが》いたかしら?

理人さんに好きになってもらえる努力はしたかしら?

お父様に、お祖父《じい》様に、訴えかけたかしら?

(私はなにもやらずに逃げ出してきた……)

理人さんは今、どう思っているんだろう。

逃げ出した私に対して。

ほっとしている？　もしかして心配してくれている？
（ううん、彼がどうかじゃない。私がどうしたいかよ！）
日本を離れてから、想うのは理人さんのことばかり。
私はきっと理人さんを忘れられない。
結局は他の人と結婚することになるのかもしれない。
それでも、私は理人さんに会いたい。会って、好きだと言いたい。
叶わないかもしれないけれど、足掻《あが》きたい。
心からそう思った。
その時――

「葉月、見つけた！」

ここにいるはずのない人の声がした。
願望のあまりの空耳かと思う。
でも、次の瞬間、馴染みの匂いに包まれた。
（うそ！　うそでしょ？）
私は目を見開いた。

「理人さん……？」

信じられない思いで、彼の顔を見上げる。

「葉月……」

ほっとした顔をした理人さんは、疲れたように私の肩に頭を埋《うず》めた。

「お前なー、人が必死でライバルを蹴落として会長に認められようとしているのに、婚約解消ってなんだよ……」

いきなりそうぼやかれるけれど、意味がわからない。

「理人さんは社長になりたかったんですか？」

驚いて聞き返したら、「バカ。そんなわけないだろ」と理人さんはちらっと上目遣いに私を見て、呆れたように言う。

「そうですよね。『そんな面倒くさいこと、誰がやるか』って言われてましたもんね」

「もしかして、理恵子社長と話してたのを聞いていたのか？」

ガバっと顔を上げた理人さんは、私の頬を両手で挟んで顔を覗き込んできた。

私は目を逸らして謝った。

立ち聞きなんて、本当に行儀が悪い。

「すみません。聞こえてしまって……」

「聞くなら、ちゃんと最後まで聞けよ！　俺は『お前のためいいいい以外に、誰がそんな面倒くさいことするかよ』って言ったんだ」

「私のため？　同情してもらわなくても大丈夫ですよ？」

「同情でこんなことするかよ。俺の目的はお前だ、葉月」

目的？　なんの目的があって、理人さんは私を求めるんだろう？

本気でわからなくて首を傾げると、理人さんが髪を掻《か》き上げ、上を向いた。

「あー、マジでわかってなかったのかよ。あんなに気持ちを込めて抱いてただろ？」

その言葉に熱い甘い夜を思い出し、赤くなる。

「もしかして、私の体が気に入ったってことですか？」

「違う！」

「だって、すごく相性がいいって……」

「それはそうだが、今、俺が言っているのはそういうことじゃなくて……」

理人さんは苛ついたように髪をガシガシ掻《か》いたあと、私を見て言った。

「アーッ、なんでなにも伝わってないんだよ！　『俺でいい』って言ったじゃないか！

『喜んで』って！」

「えっ？　契約を継続するってことですよね？」

「違う！　婚約を継続ってことだ！　つまり、お前の結婚相手！」

はぁと深い溜め息をついて、理人さんはチラッと確認するように私を見た。

頭が追いついていない私は疑問符でいっぱいだった。

その様子に、理人さんはもう一度溜め息をついて、私を抱き寄せた。

「あぁっ、くそっ！　……葉月、愛してる」


――心臓が止まった。

（今なんて……？）


言葉の甘い意味に反して、理人さんはふてくされた顔をしていた。

それは初めて『抱いてやる』と言われたときと同じ顔だった。

もしかして、もしかして、照れているの？

（……これは夢かもしれない）

そもそも、ここに理人さんがいること自体、おかしいもの。

私はまだホテルのベッドで、幸せな夢を見ているんだわ、きっと。

私は唖然として、ただただ理人さんを見つめた。

都合のいい夢なのかもしれないと、その端整な顔を見つめ続けるけど、夢が醒める気配はない。

「おい、なんとか言えよ。こんなセリフ、生まれて初めて言ったんだからな！」

いつも余裕な表情を崩さない理人さんの頬が赤くなっている気がする。

（本当なの？　理人さんが私を……？　まさか……）

喜びと疑いとで頭がパニックになって、私はなにも言えなかった。

「泣くなよ！　俺は葉月の泣き顔に弱いんだ」

指で涙を拭われ、口づけられる。

冷えた唇の中から、熱い舌が出てきて、私の唇をペロリと舐めると、口の中に侵入してきた。

たっぷり私の口を堪能したあと、理人さんは唇を離して、見つめてくる。

「愛してるんだ、葉月。頼むから逃げないでくれ」

もう一度ささやいた彼の声はまるで懇願するようだった。

「理人さん……」

「ん？」

呼びかけた私に、彼は甘い眼差しで答えてくれる。

じっとその意志的な瞳を見つめて、先ほどの決意を実行する。

「理人さん、好きです」

「知ってる」

ニヤッと笑った理人さんは、唇をついばんだ。

「でも、言葉にされるとうれしいもんだな。悪かった、葉月。こんなにお前がわかっていないとは思ってなかったんだ」

見つめ合い、引き寄せられるように唇が合った。

理人さんを感じながらも、彼がここにいることをまだ信じられない。

でも、夢はまだ醒めない……


「それにしても寒いな」

何度か唇を重ねると、理人さんは暖を取るように、私を抱きしめた。

彼を改めて見たら、東京にいる時と同じビジネスコートにスーツ姿だった。

（これは寒いはずね）

私の視線に気づき、彼は笑った。

「まさに着の身着のまま来たからな。手ぶらでパリだ」

「えっ!?　手ぶら？」

「あぁ、お前が急にいなくなるからだぞ？　パスポートだけ持って、飛行機に飛び乗った」

照れくさそうに髪の毛を掻《か》き上げてから、理人さんが少し睨む。

でも、目の奥は笑っていた。

聞けば、十八時頃、席に戻った理人さんは、私が早退したと知って心配してくれていたらしい。

それと同時に、机上のメモでお祖父様《じい》から電話が入っていたことに気づき、コールバックした。

そこで、婚約解消の話を聞いたのだと。

「お前にも何度も連絡したんだぞ？　あとで会長に婚約継続の電話をかけてくれ」

そう言われて、ずっとスマホを確認していなかったのに気づく。

「ごめんなさい。飛行機に乗るときに電源を切って、そのままにしていました」

「お前なー、俺がどんなに焦ったかわかるか？」

「理人さんが焦るところなんて、想像もつきません……」

「そりゃ、焦るさ。初めて惚れた女が婚約解消を告げて行方不明なんだから」

「惚れた女」と言われて頬が熱くなる。

未だに夢を見ているようだけど、彼の匂い、体温、私を撫でる手が、だんだんこれが現実だと認識させてくれる。

ふいに我に返り、ここが美術館なことを思い出した。

キョロキョロするけど、まだ新たな客は来ておらず、ほっとした。それでも、隅《すみ》に監視員の方が素知らぬ顔で座っている。

（他にお客さんがいなかったから、見て見ぬ振りをしてくれていたんだわ）

先ほどまでの自分たちの様子を思い出して、かああと顔が熱を持つ。

「り、理人さん、場所を変えません？」

「俺はいいが、葉月はもういいのか？　来たかったんだろ？」

覚えていてくれたんだ……

心が温かくなって、微笑む。

「出直しますから、大丈夫です」

「そうか」

監視員さんにぺこりとお辞儀をして、私たちは美術館を出た。

「さみぃ～！」

外に出た途端、理人さんが首をすくめて、私に抱きついた。

私の耳に口を寄せ、ささやく。

「早くホテルに帰って、俺を温めてくれよ」

ついでにぺろっと耳殻《じかく》を舐められて、耳を押さえる。

「ま、まだ、朝です！」

「ん～？　俺は温めてくれと言っただけで、ナニカするとは言ってないぞ？　案外やらしいな、葉月は」

「～～～～っ！」

含み笑いをする理人さんに言い返せない。

もう、すっかりいつもの理人さんだった。

「お、お茶しましょう！　この通りにカフェがいっぱいあるんです！」

先に見えるテラス席を指さしてみる。

「バカだな。お前の泊まっているホテルのフレンチがここらで一番有名だ。ミシュラン三つ星だぞ？　行くならそこにしよう」

そう言う理人さんに連れられて、ホテルへの道を戻る。

ベーカリーからは焼き立てパンの美味しそうな匂いが漂い、カフェのショーウィンドウには美しいケーキやタルト、マカロンが並ぶ。街路樹やお店には賑やかなクリスマス装飾がほどこされ、心ときめいた。

行きに通りすぎた時と真逆な心境で、すべてが明るくきらめいて見える。

(この素敵なパリの街並みを、理人さんと歩けるとは思ってもみなかったわ)

「でも、理人さん、服とか着替えとか必要でしょう？」

「あー、まぁ、そうだな。じゃあ、そこらで買うか」

シャンゼリゼ通りの途中を曲がったモンテーニュ通りは、有名ブランド店がひしめいている。

彼はさっさとお店に入ると、躊躇《ちゅうちょ》なくダウンコートやカジュアルな服を買い、その場でコートをはおっていた。よほど寒かったらしい。

そして、寒くて私にくっついているのかと思っていたけど、ダウンを手に入れて、荷物も増えたのに、理人さんは私の腰を引き寄せて、また歩き始めた。

(どうしよう? 幸せすぎて、ふわふわする)

まだ完全に話は終わっていなかったけど、彼の気持ちがわかっただけで有頂天になり、舞いあがった。

(あれ? 婚約継続ってことは、いつかは理人さんと結婚するの?)

さっき理人さんは「結婚相手」と言っていた。

お祖父《じい》様に認められようと必死になっているって……

理人さんはそのつもりなの?

考えれば考えるほど、うれしさで頭が爆発しそうになる。

(だめだわ。落ち着こう)

そっと深呼吸をした私の頬に、甘くいたずらに微笑んだ理人さんが口づけるので、心臓が跳《は》ね上がり、全然落ち着けなかった。

ホテルに着き、理人さんは「どうせ広い部屋に泊まっているんだろ?」と部屋番号を聞くと、フロントに行った。

流暢なフランス語で、私の部屋に追加で一名泊まると伝えているらしい。

「フランス語もできるんですか？」

エレベーターに乗りながら聞いてみると、さらりと返される。

「日常会話ぐらいはな。前の会社の同僚にフランス人がいたから」

「素敵ですね」

本当になんでもできる人だわと感心する。

「パリには来たことはあるんですか？」

「前に一度だけな。そんなに観光はしなかったから、詳しくないが」

そう話しながら私の部屋に着いて、はたと立ち止まる。

「そういえば、お茶するんでしたよね？」

「ホテルに来たら、気が変わった。早く風呂に入って、温まりたい。風邪を引きそうだ」

「それは大変です！」

私は慌てて鍵を開けて、理人さんを招き入れた。

そして、カバンを置くと、バスタブにお湯を張りに行った。

「それにしても、さすがお嬢様は豪華なところに泊まっているよな。パラスホテルとはな。最高級じゃないか」

「執事が手配してくれたんです」

「あ、そういえば、その執事に連絡入れておけよ」

「真柴さんに？」

ぐるりと部屋を見回した理人さんにそう言われて、スマホの電源を入れたら、様々な連絡が入っていた。

私がスマホを確認していると、手を引っ張られて、理人さんに抱き込まれるようにしてソファーに座った。

着信トップは理人さんから。電話やメールが十件近く、お祖父《じい》様からも電話が一件、真柴さんからはメールが何通か入っていた。

真柴さんのメールは、無事に到着したかの確認と、理人さんがこちらに向かっているという連絡、最後に、『追い返したいのであれば、その手配はできているので、お申しつけください』とあった。

できる執事の気づかいに、くすっと笑って、その必要はないと返事した。

目で問われて、内容を告げる。

「理人さんを追い返す手配は済んでいるんですって」

「……お前のところの執事はくせ者だな」

「真柴さんと話したんですか？」

私の髪を梳いたり、首筋に顔を埋《うず》めたりしながら待っていた理人さんは苦笑した。

「一向に連絡がつかないから、お前の家に行ったんだ。いきなりもう年内は出社しないっていうし。そうしたら、執事は『お嬢様は出かけておいでです』の一点張りだ。最初はどうしているのかさえも教えてくれなかった」

まいったよ、と彼は髪を掻《か》き上げ、上を向く。

「そこをなんとかと粘って、出てきた言葉が『お嬢様は、あなたに送られてお帰りになった時は、いつもとてもお幸せそうでした。でも、今日はひどく悲しそうで、そんなお顔をさせられるのもあなたしかいないと思っています』だってさ」

（真柴さん……）

的確に私の心情を見抜いて私を慮《おもんぱか》ってくれている彼に、感謝の気持ちが湧き上がる。

「身に覚えがないと言うと、冷たく『それではお教えすることはできません』と返されたよ。それでまたしばらく押し問答だ」

（理人さんは理人さんで、ずいぶん気にしてくれていたのね）

そう思うと、うれしさと申し訳なさが込み上げる。

「それで、どうやって真柴さんを攻略したんですか？」

そんな、取り付く島もない彼の口をどうやって割らせたんだろうと、不思議に思った。

「絶対に誤解があるはずだ、それを解きに行くから行き先を教えてくれ、って頼み込んだんだ。そうしたら、ヤツはにんまり笑って、『お嬢様はパリですが、本当に行かれるのですか？』と言ったんだ。行くに決まってるだろ。それで今ここにいるってわけだ」

（行くに決まってる、だなんて……）

私は熱くなった頬を押さえた。

理人さんは私の宿泊先を聞くと、深夜便に飛び乗り、今朝到着してすぐ、このホテルに来たそうだ。でも、ホテルは宿泊者情報を洩らさないので、私がホテルにいるのか、出かけているのかすらわからなかった。

仕方なく、私の行きそうなオランジュリー美術館で待っていようと考えたらしい。

「会えなかったら、どうするつもりだったんですか？」

「葉月が来るか、連絡がつくまで待つしかないだろ」

この寒い中、そこまで思ってくれていたのかと、胸がいっぱいになった。

「理人さん……ありがとうございます」

泣きそうになって、彼に抱きつき、その胸に顔を埋《うず》めた。

理人さんは優しく頭を撫でてくれて、額《ひたい》に口づけを落とした。

「と、いうわけで。苦労して来た俺に報いてくれよ？」

「？」

突然にやりと笑った理人さんに、首を傾げる。

でも、この表情は碌《ろく》なことを考えていないのだけはわかった。

「お湯もそろそろ溜まった頃だし、一緒に入ろう」

「一緒に⁉」

「それぐらいしてくれてもいいだろ？」

「え、でも……」

「早く風呂に入らないと風邪引くなー」

「入ればいいじゃないですか！」

「葉月と一緒じゃなきゃ嫌だ」

突然、子どものように駄々をこねだした理人さんにあきれた視線を投げるものの、本当はそんな彼が愛しくてしかたなかった。

「なあ、いいだろ？」

魅力的な声が耳もとでささやき、手は服を脱がせ始める。

「もう逃げられると困るから、お前を離したくないんだ」

そんな殺し文句を言われると、抵抗できない。

気がつくと、横座りに理人さんに抱きしめられながら、湯船に浸かっていた。

「あー、気持ちいいな～」

くつろいだ表情で、理人さんは目を細めた。

ここのバスタブは大きく、脚を伸ばして二人で入っても、充分な広さがあった。

早速、彼の手は、私の胸にいたずらを仕掛けてきて、髪をアップにして露出した首筋には、彼の唇が彷徨《さまよ》い始めた。

私は恥ずかしくて、手で顔を覆って、うつむいた。

「葉月……」

色気の滴る声で、理人さんが呼んだ。

「そうしてると可愛いけど、顔が見たい」

甘い声でささやかれて、そっと手を外される。

強い眼差しが覗き込んできて、目が合った途端、蕩けた。

ドキンと心臓が跳ねて、魅入られる。

「葉月、愛してる」

そうつぶやいた唇が私のものに重なった。

ギュッと抱きしめられて、夢見心地になる。

「こんなセリフ、一生言わないと思っていたのにな……」

もう一度、チュッとキスを落として理人さんは苦笑した。

「そうなんですか？　でも、前に『ホストをしていたから、いくらでも甘く口説ける』って……」

「可愛いとか綺麗だとかはいくらでも出てくるんだが、『愛してる』なんて、本当にお前にしか言ったことないよ」

そんなことを言われてポーッとなる。

のぼせてしまいそう……

「……親父とおふくろがオシドリ夫婦だったって、前に言っただろ？」

「はい」

突然そう言った理人さんは、視線を私から外して、宙を見上げた。

「子どもが呆れるくらい仲がよかったんだ。その反動で、親父が死んだ後、おふくろは抜け殻のようになってしまった。ほとんど衰弱死みたいなものだったよ。正直、親父はおふくろを裏切ったと思ったし、おふくろが憐《あわ》れだとも思った」

「……」

私は黙って彼に身を寄せた。

「その後のホストの経験もあって、俺は色恋沙汰なんて御免だと思っていたんだ。でも、駄目だったな……」

理人さんの目が私に戻ってくる。

見つめられ、頬に手を当てられ、甘い微笑みを向けられる。

「いつの間にか、お前に囚われてしまったよ」

胸がきゅうっとなって、理人さんに抱きついた。

「私もです。あきらめようとしたんです。でも、だめだった……」

「あきらめるなよ……」

理人さんが唇を寄せてきて、濃厚な口づけを交わす。

お互いを確かめるように、絡めとるように、何度も唇を貪《むさぼ》り合う。

「あー、駄目だ！　もう我慢できない！」

「きゃっ！」

突然、理人さんは私を抱えたまま、ざぶりと音を立てて、立ち上がった。

大雑把に私と自分をタオルで拭くと、そのまま私をベッドに連れていった。

「……葉月」

ベッドに押し倒されて、理人さんが覆いかぶさってきた。

頬を撫でられ、強い視線が私を動けなくする。

朝の光の中、彼の整った顔も引き締まった体もすべてがハッキリ見えて、自分も同じように見えているのかと思うと、とても恥ずかしい。

でも、理人さんと重なり合いたい気持ちは私も同じで、彼の首に腕を絡めた。

惹き合うように唇を合わせる。

舌を絡めながら、理人さんが肩から私の体の線を手で辿っていき、お尻のカーブを撫でる。その手はまた上に戻ってきて、今度は胸の膨らみに触れた。

ゆっくりとやわらかく慈しむような手の動きに、気持ちを高められていく。

全身を撫でて、理人さんが満足そうに笑った。

「全部俺のものだ」

「はい」

私がうなずくと、コツンと額《ひたい》を合わせて、理人さんが見下ろした。

鋭い目が私を彼に縫い止める。

「もう逃げるなよ？　まぁ、もう逃がさないけどな」

ニヤリと笑った理人さんに、返事をする前に口を塞がれた。


「んっ……あ、ぁん……」

胸を揉まれ、先端を口に含まれて、甘い息を洩らす。

そのうち、理人さんの唇は胸を離れて、私の体のあちこちに触れ始めた。

時折、チュウと吸ったり、ちろっと舐めたりしながら、私の体に彼を刻み込むように念入りにキスを落とされる。

彼の息づかいが肌をくすぐって、身をくねらせた。

理人さんの強い眼差しが、目が合うたびに甘く蕩けて、胸がキュンとなる。

私を見つめる目、宝物に触れるような手つき、熱い唇。

すべてが私を愛していると言っているようで、身も心も溶けていった。

そして、理人さんの唇はまた私の唇に戻ってきて、重なった後、「可愛いな、葉月」とささやいた。

「理人さん、好き……」

キスの合間につぶやくと、「ん……俺もだ」と甘く返される。

それだけで、天にも昇る心地になる。

彼が中に入ってきた時、目もくらむような幸福感に満たされた。

理人さんは、ゆっくりゆっくり、体を擦りつけるように動き出した。

気持ちのいい部分が全部擦られて、頭からつま先まで、とんでもない快感に襲われる。

（全身で愛されている……！）

理人さんの全部をもらった気がして、心からそう感じると、胸が詰まり、私は涙をこぼしながら達した。

「愛してるよ、葉月」

理人さんがじっと目を見て、気持ちを言葉にしてくれる。ほろほろと頬を伝う涙を優しく拭ってくれる。

（愛おしい……）

そんな気持ちでいっぱいになって、気がつけば口から言葉がこぼれ落ちていた。

「私も……。愛してます、理人さん」

言った途端、急に抱き起こされた。

と思ったら、ギュッと抱きしめられ、猛烈に突き上げられる。

「あっ、やっ、ああんッ、り、理人、さん……！　だめっ……ああっ！」

先ほどの余韻も残っているから、刺激が強すぎて、快感で脳が痺れた。

奥深くまで彼のものが到達して、掻《か》き混ぜられる。

体が密着して、全身で彼を感じながら私は理人さんに必死でしがみつき、激しく揺さぶられた。

あっという間に再び達した私の奥を数回突いた後、彼も自分を解放した。

「本当に葉月は……俺の余裕を失わせる天才だな……」

息を荒らげながら、理人さんは苦笑した。

体を清めた後、また抱きしめられる。

理人さんはいつものように私の体を撫でて、肌の感触を楽しんでいた。

私を撫でる手がお腹に回ってくる。

そこを撫でながら、理人さんがつぶやいた。

「結婚したら、ここにいっぱい注《そそ》ぎ込みたい。お前を俺で染めたい」

そんなことを言われて、顔がほてる。

(早く子どもが欲しいってことかしら?)

案外、子煩悩になりそうな理人さんを想像して、ぽーっとする。

でも、それより前に——

「結婚……!」

改めて驚くと、顔を顰めて理人さんが顔を覗き込んできた。

「この期に及んで、俺と結婚したくないとか言わないよな?」

「いいえ、とんでもない! でも、驚いてしまって」

「なんで驚くんだ? っていうか、何度プロポーズすればいいんだよ」

「え? プロポーズ?」

そんなことをされた覚えがなくて、目を瞬く。

「『誰でもいいなら、俺でもよくないか?』って言っただろ?」

「え、あれってプロポーズだったんですか?」

「結婚相手の話をしていたじゃないか。それにさっきだって、もう逃がさないって言っただろ?」

「それも? そんなの、ちゃんと言ってくれないとわからないです!」

「ちゃんと、か。俺の苦手なやつだな」

理人さんはめずらしくグッと詰まった。

彼にはハードルの高い言葉だったらしい。

(プロポーズって憧れがあるけど、結婚したいって思ってくれているだけで充分だわ。やりたくもない社長職も引き受けてくれようとしているみたいだし)

水鳥川興産の社長……

それを魅力的に思う人がいる一方、やりたいと思わなければ、しがらみの多い面倒くさい仕事かもしれない。

特に理人さんにとっては、興味がないどころか、因縁まである会社の社長なんて。

(本当に理人さんに甘えてもいいのかしら？　それだったら、いっそのこと……)

ある考えがひらめいて、私が思考に沈んでいると、理人さんは少し焦ったように言った。

「そんな顔するなよ。わかった！　ちゃんと言うから！　そうだな、指輪を用意してから……」

「あぁ、違いますよ？　別のことを考えていて。私、お婿さんはいらないかもしれないと思って」

考えていたままを口にすると、理人さんがガバッと私を抱き寄せ言った。

「悪かった！　言う！　葉月、結婚してくれ！」

彼の勢いに、目を丸くする。

（え、理人さん？）

自分の言葉を振り返ってみて、合点がいく。

「ああ！　ごめんなさい。理人さんと結婚したくないってことじゃなくて、婿養子じゃなくていいかもっていう意味です」

「なんだ。驚かせるなよ……」

理人さんは私の肩に顔を埋《うず》めて、ガックリうなだれた。

こんなに焦った表情を見たのは初めてで、そんなに結婚を望んでくれているのかと思うとうれしくなる。

くすくす笑っていたら、うらめしげに顔を上げた理人さんに睨まれた。

「ふふっ、ごめんなさい」

拗ねた顔が可愛らしくて、まだ笑っていると、ふいにニヤリと表情を変えた理人さんが、いきなり私の膝裏を掴んで、パカッと開いた。

「あっ、やっ！」

明るい中で膝を折り曲げられて、秘部が丸見えになり、慌てた。

そこに顔を近づけながら、理人さんが言う。

「男心を弄《もてあそ》ぶ悪いお嬢様にお仕置きだ」

ぺろんと舐め上げられて、「ひゃん！」と変な声を出してしまう。

「だ、だめです！　やっ！　そんなつもりじゃ……ひゃっ！」

止めようとしたけれど、理人さんは脚をしっかり押さえたまま、舌を動かしたり、甘噛みしたりして、私を啼かせ続けた。

最初は制止しようとしていたのに、執拗に攻められてビクビクと痙攣し、何度かイッた後には、中が切なくなってしまって、「理人……さん……、お願い、もう……」と彼をねだってしまった。

「もう、なんだ？　『ちゃんと言ってくれないと』わからないな」

理人さんはにんまり笑って、私をからかう。

(ちゃんとって……)

目で訴えてみても、理人さんはニヤニヤと待っているだけだった。仕方なく言葉を絞り出した。

「理人さん……を、ください」

「んー、上品だな。さすがお嬢様」

「いじわるしないでください……」

恥ずかしさに目が潤む。顔が熱い。

でも、理人さんは、どうしようかというように私を見ているだけだった。

（これじゃ、だめなのかしら？）

彼を見上げ、じっと見つめて、もう一度ねだる。

「理人さんが……欲しい、です。理人さんとくっつきたい……」

すると、彼は額《ひたい》に手を当て、「まいった」とつぶやいた。そして、おもむろにゴムのパッケージを手に取ると、歯で破く。

「葉月が可愛すぎて、勝負にならない……」

理人さんがふてくされたように、そんなことを言うから、ますます頬が熱くなった。

「んっ……」

ようやく欲しかったもので満たされ、私の中が悦んできゅううっと彼を締めつける。

「葉月、締めすぎ」

「ごめんなさ……」

「謝らなくていい。気持ちよすぎて、すぐイキそうなだけだ」

眉を寄せた理人さんは私を流し見ると、指をスーッと頬に滑らせた。

「そもそも葉月を初めて抱いた時から、もう勝負はついていたんだよな……」

その指は私の頬をくすぐった後、髪を絡めとり、撫でるように梳く。

ぼやくように言われて、目を見張る。

「え？」

「お前に関してはやたらと庇護欲が働くわ、他の男がお前に触れると考えただけでムカつくわ、それくらいなら、俺のものにしようと思った。その時から、俺はお前に負け続けだ」

「負けって」

理人さんがそんなふうに思ってくれていたなんて、知らなかった。

苦笑する彼に、私も想いを明かす。

「でも、負けと言えば、最初から私の方が負けているじゃないですか。契約だったのに、理人さんを好きになってしまった時点から」

ふっと笑った理人さんは私にキスを落として、ちょっと拗ねた顔をした。

「そんなことを言って油断させといて、俺をいらないって言ったのは、どこのどいつだ？」

「いらないなんて言っていません！」

「他の男と結婚しようと思っていたんだろ？」

「だって、理人さんに迷惑をかけていると思ったから。あなたを自由にしてあげないとって思ったんです」

私の頬を撫でて、理人さんは甘やかな瞳で見下ろした。

「バカだな。まぁ、バカは俺もだけどな。くだらない見栄を張って、お前を手放そうとした。もう俺の方は契約なんてどうでもよくなっていたのに、葉月はちゃっかり本当の結婚相手を見つけているんだなと、ショックを受けて嫉妬して、それをごまかした」

「理人さん……」

自分のことしか考えていなくて、理人さんの気持ちを全然わかっていなかった。

私のことで、胸を痛めてくれていたなんて、知らなかった。

「自宅待機中にいろいろ考えたよ。俺はどうしたいのか。それで決死の覚悟でプロポーズしたのにな、全然伝わってないし」

また苦笑した理人さんは、ふいに腰を動かし始めた。

「あっ、あんっ、あっ、はぁ……っ」

焦らされていたせいか、あまりの快感に声がまったく抑えきれずに乱れてしまう。

「葉月……、俺と結婚するって、言えよ！　なあ？」

奥をガンガンと突かれて、そんなことを言われる。

余裕のないような理人さんに、うれしさが募った。

でも、どうしても聞いておきたいことがある。

「でも……。あんっ、本当に、いいん……ですか？」

「なにが？」

息も絶え絶えに尋ねると、理人さんは抽挿《ちゅうそう》の速度を緩めてくれた。

そのすきに、気になっていたことを聞いてみる。

「マミヤ製作所の件に、お父様が関わっていたって、聞きました。恨んでないのですか？」

「なんだ。まだそんなこと、気にしていたのか」

理人さんは屈託もなく破顔した。

私に顔を寄せて、ささやいてくる。

「そんなの、お前と引き換えなら、ささいなことだ」

（理人さん……！）

胸が詰まって、彼にしがみついた。

「理人さん！　私もあなたと結婚したい。ずっとあなたと一緒にいたいです！」

「そうだな、葉月。ずっと一緒にいよう」

微笑んだ理人さんは、誓うように私に口づけて、奥深くまで私を満たした。

◇◆

「……それで、婿養子じゃなくていいって、どういう意味だ？」

理人さんがそう聞いてくれたのは、私がそれを口にしてから、ずいぶん時間が経った後だった。

心が通じ合い、体の隅々までひとつになった幸福感にうっとりしていた私は、とっさには答えられない。

「さっき、そう言っていただろ？　葉月は妙なところで行動力があるから、ちゃんと聞いておかないとヒヤヒヤする」

私の髪を長い指で梳きながら、理人さんは笑った。

さっき考えていたことを私は躊躇《ためら》いながら伝えた。

「……理人さんが水鳥川興産の社長の座に興味がないのなら、いっそのこと私が目指してもいいと思ったんです。理人さんの仕事を手伝っている間に、少しだけ経営にも興味が湧いてきましたし」

「あぁ、それはいいな。前々から不思議だったんだ。お前のところは女系だって言っていたのに、なぜいつも婿の方が力を持ってるんだってな。今どき、社長は男性じゃないといけないなんて、ナンセンスだ」

あっさりうなずかれて驚く。

無理に決まっていると言われると思ったのに。

（ううん、違うわ。理人さんはいつも励ましてくれていた。だから、私はこんなことを思えるように変わったんだわ）

にっこり笑い、甘えるように彼を見上げる。

「応援してくれます？」

「もちろんだ。全力でサポートする。それに、すべてが嫌になったら、水鳥川家と縁を切って、ただの葉月として、俺のところに来てもいいんだぞ？　お前を養うくらいの甲斐性はある」

「ただの私……。それでいいんですか？」

「むしろ、俺は葉月しかいらないんだけどな」

これほどうれしい言葉はあるかしら？

ただの私でいいなんて……

目が潤んでしまい、彼の胸に顔を埋《うず》めた。

理人さんが優しく撫でてくれる。

「……本当はお祖父《じい》様とお父様を仲直りさせて、お父様を復帰させたいんです。理人さんは腹立たしいかもしれませんが」

ポツリとつぶやくと、理人さんは軽く「いいんじゃないか」と言ってくれた。

「まぁ、お前の父親に対してはいろいろ思うところはあるが、面倒くさい役割を担ってくれる人材は必要だ。お前の父親が社長に復帰してくれたら、葉月が今後どうしたいかを決める時間的余裕も生まれるだろう」

「ありがとうございます」

「選択肢は多い方がいい。あぁ、でも、葉月が俺の嫁になるのは決定な」

理人さんが真面目な顔でそんなことを言うので、ふふっと笑って、その頬にキスをした。

「明日、婚約指輪を買いに行こう。ちょうどパリだ。気に入るものがどこかにあるだろ」

「はい。楽しみです」

そう答えながら、今日だってまだ昼になったばかりだから、充分時間があるのに？と疑問に思ったら、「出かけたくない」とごねる理人さん。彼の希望でルームサービスを取り、一日中ほぼベッドでイチャイチャと過ごした。


翌日、観光名所やクリスマスマーケットを回った途中、理人さんに連れられて、老舗《しにせ》らしいジュエリーショップへ行った。

そこには睡蓮を模《も》した指輪があった。八芒星《はちぼうせい》の形にダイヤが配置された美しい指輪だ。

私が気に入るかもしれないと調べてくれていたらしい。

理人さんの心遣いに感動して、目が潤んだ。

婚約指輪にそれを買ってもらうことにする。

「それでいいのか？　ここにはハイブランドもたくさんあるぞ？」

「これがいいんです」

早速、理人さんが指にはめてくれた。

薬指に輝くダイヤの睡蓮。

幸せで胸がいっぱいになり、理人さんに抱きついた。

「ありがとうございます……」

私を抱きとめた彼は、後ろ髪を撫でながら、こめかみにキスを落とした。

「いい虫除けになるな」と、理人さんは満足そうに笑った。

エピローグ

ディナーはホテルのフレンチを予約していたので、一旦、部屋に戻る。

そして、その時間を利用して、お祖父様《じい》に電話をかけた。

あちらは今、朝の十時頃だ。

話す内容は、昨日、睦み合う合間に、ぽつぽつと相談していた。理人さんは私の意見を受け止め、アドバイスをくれたり励ましてくれたりと、理想的な相談相手だった。

（でも、あくまで理人さんは相談相手。ここからは私が頑張らないと！）

そう自分を鼓舞して、深呼吸する。

「もしもし、お祖父様《じい》？　葉月です。今、よろしいでしょうか？」

『おぉ、葉月。ようやく連絡してきたか。真宮くんとはどうなった？』

お祖父《じい》様も、理人さんが私を追いかけてきてくれたことをご存知のようだった。

「ご心配をおかけして、申し訳ありませんでした。それで、お祖父《じい》様。私は決めました。真宮理人さんと結婚します」

願望でもお願いでもなく、私の意志として、そう告げた。

『なるほどな。では、真宮くんを徹底的に鍛えないとな』

私の宣言に、お祖父《じい》様は笑いを含みつつ、同意してくれた。

「お祖父《じい》様、そのことですが、私は理人さんに水鳥川興産の社長をやってもらおうとは思っていません」

『なに⁉　どういうことだ？』

急に剣呑な色を帯びたお祖父《じい》様の声に負けないように、私は自分の考えを説明した。

理人さんが励ますように、手を握ってくれている。指に光る睡蓮も勇気づけてくれている。


一案は私が社長を目指すというもの。

当然「無理だ」と反対された。

二案目はお父様に復帰してもらうもの。

「急病」と理由づけていたので、世間的には回復したと発表したらいい話だ。

これも案の定、お祖父《じい》様は猛烈に反発する。

三案目は第三者を社長に据えるというもの。

それを伝えると、たまりかねたお祖父《じい》様がとうとう怒鳴った。

『葉月！　伝統ある水鳥川の名をなんと考えているんだ！』

ビクッとなるけど、なだめるように理人さんに髪を撫でられ、一度目を閉じ、気持ちを落ち着ける。

「お祖父《じい》様……」

努めて冷静な声を作る。

「血筋の話を出されるのなら、それを決められるのは水鳥川の血を引く私か、お母様ではないですか？　お祖父《じい》様もお父様も婿です」

きつい言い方なのは自覚している。

お祖父《じい》様もお父様も水鳥川の名を守るために努力してくださっていたことも知っている。

それでも、水鳥川の名を残すために、誰かが犠牲になる必要はない。

それが私であっても。

――水鳥川家のために優秀な婿をとらないといけない。

それは私もお母様も、もしかしたらお祖母《ばあ》様も、昔から繰り返し言われてきたセリフ。

でも、それはおかしい。

理人さんに鼓舞され自分を取り戻していくうちに、そう思えるようになった。

お祖父《じい》様が沈黙する。

その沈黙が恐ろしいけれど、黙って耐える。

俺がついていると手に力をこめた理人さんを見上げて、にっこりする。

『……くっ、ははっ、葉月も言うようになったじゃないか。真宮くんの入れ知恵か？』

突然の笑い声が響いて、驚いた。

「いいえ、自分で考えました」

『そうか。一、三案目がないと思わせて、二案目に持っていこうという腹だろうが、そうはいかん。一案目も考えておこう』

思いもよらない返事に息を呑んだ。

『まぁ、私もまだまだ壮健なつもりだ。見極めさせてもらうことにする』

そうおっしゃって、お祖父《じい》様は電話を切った。

「ふぅ……」

知らずに力が入っていたようで、強張っていた体を緩める。

理人さんが褒めるように頭を撫でてくれた。

「とりあえず、言いたいことは言えたから、よかったんじゃないか」

「理人さんのおかげです」

「いいや、葉月の力だ。お前は強くなったよ」

理人さんの強い眼差しが緩んで笑みを作る。

その瞳が私を励まし、いつだって支えてくれた。

自信がなくて、うつむいてばかりだった私を変えてくれた。

私は微笑み、愛おしい人の頬へ手を伸ばした。

「理人さんが私を変えたんですよ。だから、ちゃんと責任を取ってくださいね」

「それを言うなら、葉月が俺を本気にさせたんだ。責任取れよ？　一生を懸けて」

「はい」

私たちは微笑むと、誓い合うように唇を合わせた。

書き下ろし番外編

情熱を注ぐ先は、あなた

――こんなはずじゃなかったんだよな。

俺は隣ですやすや眠る葉月の頬をくすぐり、苦笑する。

たまたま水鳥川会長と知り合い、ヘッドハンティングされた時は、ちょうどいいから心の奥底で燻《くすぶ》っていた親父の会社のことを調べてやろうと思っただけだった。

そこで出会ったのが葉月だ。

真面目でひたむきで不器用で、最初からやけに気になった。『婚約者のふり』を頼まれた時は、一柳から庇《かば》ってやれたらいいと軽い気持ちで引き受けた。

だから、葉月に手を出すつもりは毛頭なく、からかってみただけだった……はずが、つい欲が生まれた。戯れに彼女に触れたら止まらなくなった。

それでも、葉月の初めてをもらうつもりはなかったんだ。

『抱いてください』

そう葉月に言われた時、俺は即座に答えられなかった。普段なら反射で断るのに。

エッチなことは大好きだ。据え膳があれば、喜んで食う。後腐れがないという前提で。当然、処女は論外だ。

俺は父と母の結末を見て、誰かに心を預けるなんて愚かだと思っていた。

最悪の方法で父は母を裏切った。そんな父に心底惚れこんでいたばかりにショックで母は死んだのだ。そこまで心を傾けていなかったら、母も立ち直れただろうに。

それに、薄っぺらな色恋沙汰はホスト時代に山ほど見てうんざりだった。

(冗談じゃない。俺はあんなものには巻き込まれない)

だいたい、生真面目な葉月の初めてをもらうなんて、どう考えても俺には荷が重すぎる。彼女の記憶に刻み込まれるべきなのは俺じゃない。

そう考えていたはずなのに、直球で乞われてみると、彼女を押し倒してその身を貫きたいという猛烈な衝動に駆られた。

縋るような葉月の瞳。最初からなぜか妙に気にかかる彼女のまなざし。

(まいったな。俺はなぜかこの目に弱いんだ)

そっと溜め息をついて、わけのわからない熱情を逃がす。敢えて呆れた口調で『初めては好きになったやつとしろよ』と言ったら、そのひたむきな目がじっと俺を見つめた。

「マジかよ……」

俺は髪を掻《か》き上げながら天を仰いだ。

いつの間にか俺は、契約の婚約者から葉月の好きな人になってしまっていたらしい。考えたら、当たり前か。

世間知らずでうぶな彼女を構い倒していた。庇《かば》い、励まし、甘やかした。つい葉月には手を出しすぎてしまうのだ。男慣れしていない彼女がその気になるのも仕方ない。

「あー、悪い。俺が悪かった。優しくしすぎた」

猛省して、ガシガシと髪の毛を掻《か》く。これはまずいと意地の悪いことを言ってみる。

「側にいるうちに好きになったか？」

冷笑してみせても葉月は真面目に答えるだけだった。傷ついた瞳で俺を見る彼女に、つい絆《ほだ》されそうになり、表情を引き締めた。気のない態度を前面に出して冷めた視線を投げる。それなのに、珍しく葉月は粘った。

「さっきの理屈で言えば、あなたに処女をあげてもいいじゃないですか」

「悪いな。処女は抱かない主義なんだ。俺には重い」

すげなく拒否した俺に、葉月は悲しげに目を伏せた。

さすがにここまで言えばあきらめてくれるだろう。

「葉月はいい女だ。だから、俺なんてやめとけ。俺にはそんな価値はない」

落ち込んだ様子の彼女をつい励ますようなことを言ってしまった。

（葉月は自己肯定感が低いからなぁ。もっと自分の価値に気づくべきだ）

そんなことを上から目線で考えていた俺の余裕を、葉月のつぶやきが一気にかき消す。

「……さっき処女を奪われていたら、抱いてくれましたか？」

(なんだと⁉)

気がついたら、彼女の両肩を掴み、ソファーの背に押しつけていた。

葉月が誰か知らない男に組み伏せられている姿がやけにリアルに思い浮かぶ。その瞬間、目の前が真っ赤になって、激しい怒りが込み上げた。思い切り怒鳴ってしまう。

「そういうことを言ってるんじゃないだろっ！」

こんなに感情が昂《たかぶ》ったのはいつ以来だろう。睨みつけるように葉月を見ると、彼女は弱々しく目を伏せた。

「ごめんなさい……」

「おい、泣くなよ！」

潤んだ目の彼女を見るたび、なぜか胸が痛む。どうにかしてやりたくなる。

(なんだ、これは？)

自分の感情がわからず、苛ついた。

「泣いてません！」

目にいっぱいの涙を溜めて、葉月が反論する。

一生懸命、涙をこらえる様子がいじらしくて愛おしい。

(愛おしい……?)

自分の思考に驚いて気を取られたすきに、葉月はするりと俺の下から抜け出した。

「……ごめんなさい。帰ります」

律儀にお辞儀をして、彼女は俺に背を向けた。

きっとこの瞬間にも涙をこぼしているのだろう。このまま帰って、ひとりで泣くのか?

そう思ったらたまらず、葉月の手を掴むとぐいっと自分の胸に引き寄せた。

そして、自分の行動の支離滅裂さに悪態をつく。

「くそっ、なんなんだ!」

葉月がびっくりして目を見開いた。

俺も訳がわからない。自分がなにをしているのか。こんなつもりじゃなかった。

「あー、マジで調子狂う! まいったな……」

こんなに自分の感情がわからなかったことはない。こんなに心を掻《か》き乱されて、制御不能になったことなどなかったのに。

(俺は葉月をどうしたいんだ?)

しばらく考えてみるが、彼女を泣かせたくない、放したくないという想いが強烈で、それ以外、考えられなかった。

葉月の頬に手をあて、上向かせる。案の定、こぼれた涙を見つめる。

「俺はお前を泣いたまま帰らせたくないんだ。そのためにここに連れてきたのに、そんな顔をするなよ」

どうやら俺は葉月を放っておけないし、他の男に奪われるのも許容できないらしい。

だとしたら、俺がもらうしかないだろ？

（本気か？）

今までの人生で拒否していたことをしようとしている自分の正気を疑う。

しかし、やっぱりこの腕の中の温もりを離せない。

葉月の後ろ髪を撫でたら、俺を黙って見上げていた彼女は新たな涙をこぼした。

それを拭うように唇でついばむ。涙を追うように唇を動かすと、葉月の唇に到達した。

（泣くな。たまらない気持ちになる）

慰めるように唇を食《は》み、背中を撫でる。

俺は深い溜め息をついた。

（降参だ）

俺は葉月を見つめ、ささやいた。

「来いよ。抱いてやる」

俺を受け入れ、乱れる葉月は可愛かった。

彼女の中に入った俺は己の渇望に気づき驚く。信じられないぐらい気持ちよくて心満たされて、いつまでも中に留まっていたかった。

それからは葉月にハマる一方。週末ごとに家へ連れ帰り、抱いた。

それでも、俺は自分の感情を認められずにいた。心をすべて明け渡すわけにはいかないと思っていた。それは俺にとって恐怖に似たものだったのだ。

しょせん葉月とはかりそめの関係だ。そのうち、彼女は水鳥川家に相応《ふさわ》しい婿を見つけるだろう。まだ、そう思って抵抗していた。

愚かな俺は、葉月に別れを告げられてようやく気づいたんだ。

(彼女がいない人生なんて耐えられない)

それで葉月を口説こうとした時、情報漏洩《ろうえい》の犯人に仕立てあげられた。そんな状況だというのに、すぐさま対応した葉月に成長を感じて、顔がほころんだ。

自宅待機していたら、水鳥川会長に呼び出され、冤罪を謝られるとともに、葉月の婚約者になったのは水鳥川興産を乗っ取って意趣返しをするためだったのかと聞かれた。

否定すると、会長は葉月の新たな婚約者には、すぐに水鳥川興産の社長になれる人材を宛《あ》てがうと言う。なぜか葉月は俺が婚約者から外れたと会長に言っていないようだった。

「それなら俺が水鳥川興産の社長をやります！　それが葉月を得る条件だというなら」

勝手に口が動いた。気がつくと水鳥川会長相手に自分を売り込み、啖呵《たんか》を切っていた。

「なるほど、君は葉月のために必死になるというのだね。お手並み拝見だ。相応《ふさわ》しくないと思ったら、即座に婚約者の座から降ろすぞ？」

彼はにやりと笑って、煽《あお》ってきた。望むところだ。

ようやく腹をくくった俺は葉月を口説いて本物の婚約者になった――つもりだった。

（俺も詰めが甘いよな）

当時を思い出して苦笑する。

ライバルを蹴落とそうと会長の無茶ぶりに応えている間に、葉月に逃げられたのだ。ヘタレな俺が肝心なことを言わなかったせいで。

（あの時は心底焦った。まさか俺が女を追いかけてパリに行くとはな）

悪友たちが聞いたら腹を抱えて笑うだろう。いや、驚愕するか。

「ん……」

自分でもおかしくて笑っていると、葉月が寝返りを打った。寝ながらも俺にひっついてくるのが可愛い。

「葉月、愛してる」

言い慣れなかった言葉もこんなに自然に出てくるようになった。

葉月は自分が俺に変えられたとよく言うが、根底から俺を変えたのは葉月の方だ。

そしてこれからも変わり続けていくのだろう。

どんなふうに変えられるのか楽しみにしながら、愛しい妻の頬に口づけた。

ある夜、ベッドでスマホをチェックしていたら、葉月がやけにもじもじしていた。

「どうした？」

彼女を抱き寄せて顔を覗き込む。頬を染めた葉月は甘えるように頬を寄せてきた。

目を細めた俺は次の彼女の言葉に、ぼとっとスマホを落とした。

「子づくり、しませんか？」

「葉月、今、なんて言った⁉」

驚愕した俺は身を離し、葉月の顔を確かめた。真っ赤になった彼女がうつむく。

その反応に聞き間違いでなかったことを悟り、俺は口端を上げた。

愛らしい妻にキスをする。そして、昔の戯れの言葉を口にした。

「うつむいたら、キスをするんだったよな」

（まったく。相変わらず葉月は急に大胆になるな）

彼女の唇を指で撫でながら、振り回されてばかりの自分がおかしくなる。だが、そんな自分も嫌いではない。

結婚した当初、葉月は祖父の秘書をやりながら仕事を覚えているところだった。だから、子どもを作るのは待とうと話し合って決めた。

俺は水鳥川興産を辞め、古巣のシルバーブレイン証券に戻った。もしも葉月が疲れて逃げだしたいと思った時に水鳥川興産と縁が切れるようにしたかったのだ。

幸い、葉月は順調に仕事を覚え、常務になった。しかし、さすがに社長をさせるには時期尚早だということで、彼女の父親が社長に復帰した。当初の目論見通り、葉月は祖父と父の橋渡しをしたのだ。

無職になった義父には思うところがあったようで、やけに殊勝になったらしい。葉月にも謝ってきたそうだ。なにより、不仲だったはずの義母となぜか観劇仲間になってて驚いたと報告してくれた。冷えた家庭環境で育った葉月は複雑な心境だったに違いない。でも、そのおかげで子育てをする猶予期間ができたということだろう。

「俺のほうはいつでも準備はできている」

彼女を押し倒しながら、俺はそうささやいた。唇を押しつけ、葉月の口の中を味わう。思った以上に滾《たぎ》って、早く彼女の中に入りたくなる。

胸を揉み、バスローブを脱がすと、俺を喜ばせようとしたのか、葉月は白いレースのベビードールを身にまとっていた。一気に俺のものが猛《たけ》り、硬くなる。

(なんて清楚でエロいんだ！)

その晩は何度も達して、精を注ぎ込んだ。

疲れ果て、うとうとしている葉月の腹を撫でる。

(できてるといいな。まぁ、何度でもチャレンジするが)

完全に眠り込んでしまった彼女の額《ひたい》に口づけて、布団ごと抱きしめた。

◇◆

子づくりを始めてから半年後、私は妊娠しているのがわかった。

理人さんは想像以上に喜んでくれ、過保護なほど私に気を遣ってくれた。

つわりはそれほどひどくなく、具合が悪くても、理人さんがあっさりと食べられるものを作ってくれるし、むくんだ脚をマッサージしてくれ、至れり尽くせりだった。

そして、出産後、「よく頑張ったな。ありがとう」と労わってくれた。

(なんて素敵な旦那様なんだろう)

私たちは赤ちゃんに『咲月《さつき》』と名付けた。

理人さんが私の名前を気に入っているからと『月』の付く名前を考えてくれたのだ。

姓名判断で「大吉なんだぞ?」と勇んで報告してくれた理人さんは可愛らしかった。

私も『咲月』という音の響きや漢字の雰囲気も一発で気に入り、即決定した。

「こんな小さいのに、ちゃんと爪があるんだな」

理人さんは咲月を見て、生命の神秘に触れたように感心してつぶやく。

彼の片腕に収まってしまうほど小さな咲月だけど、指を出すと、そのちっちゃな手できゅっと握ってきて、とても愛くるしい。

理人さんは見ているだけでなく、お世話も完璧だった。

咲月は夜泣きをする子で、三時間ごとに泣いて目を覚ました。その都度、理人さんが抱き上げ、あやしたりミルクをあげたりして寝かしつけてくれる。

「俺はもともとショートスリーパーだからな。株式市場チェックにちょうどいいよ。なぁ、咲月、パパと一緒に儲かる株を見つけるか？」

そう言って、理人さんは鋭い目もとを緩め、片手で抱き上げた咲月に話しかける。

きょとんとまんまるの目で見上げた咲月に相好を崩す。

「可愛いなぁ。この目、葉月にそっくりだ。将来いろんな男を虜にしそうでやばいな」

「今からなに言ってるんですか」

咲月のぷにぷにの頬を指でツンツンして焦る理人さんに、私はふふっと笑った。

理人さんが咲月を抱いている姿を見ると、胸がきゅうっとなる。優しげな目線を咲月に落とし、哺乳瓶を咥えさせている様に愛しさで胸がいっぱいになるのだ。

理人さんは反対に、私が咲月におっぱいをあげている姿を見て、グッとくるらしい。

私の乳房に手を当て、夢中でおっぱいに吸いついている咲月は確かに可愛くて愛おしい。と思っていたら、理人さんが咲月に話しかけた。

「なぁ、咲月。今はお前にそのおっぱいを貸し出してるけど、本当はパパのものなんだぞ？　大きくなったら返してくれよな」

「な、なに言ってるんですか！」

瞬時に顔が熱くなり、抗議の声をあげると、理人さんはハハッと笑って、「だって、本当のことだろ？」とうそぶいた。


咲月が生まれてひと月が経ち、私たちは近所の川沿いに散歩に行った。

「気持ちのいい天気ですね」

「あぁ、こんな青空を久しぶりに見た気がするな」

梅雨明けの晴天で、空気が洗い流されて澄んでいる。街路樹の新緑が陽の光にきらめいて美しい。初夏だけど、それほど暑くなくとても過ごしやすい日だった。

ベビーカーに乗せた咲月は世界がもの珍しいようで、クリクリの目を見開いて葉が揺れるのを見つめたり、車を目で追ったりして観察している。

ベビーカーを押しながら、のんびり歩いていると、向かいに見慣れた顔があった。

「水野さん、こんにちは。こんなところで会うなんて！」

私は弾《はず》んだ声をあげた。

「あっ、葉月さん！　真宮さんもこんにちは」

丸顔の穏やかな水野さんはいつものようににこにこと微笑む。そして、咲月に目を留めて、さらに顔をほころばせた。

「葉月さんに似て、とても可愛らしいですね。ご出産おめでとうございます」

「ありがとうございます。水野さんもご結婚されたのですよね。おめでとうございます」

彼の薬指にはまっている真新しい指輪を見てお祝いを言う。

同棲していた彼女とつい先月結婚したと噂で聞いた。

「ありがとうございます。今日は妻が仕事なので、ひとりさみしくこの先の美術館に行くところなんですよ」

奥さまを思い浮かべたのか、水野さんの目が優しく細められる。

彼が一番と言ってくれる女性を見つけたのだろう。

水野さんにはお世話になりっぱなしなので、彼が幸せそうにしていると私もうれしい。

「ふにゃあ」

世間話をしていると、停まっているのが退屈になったのか、咲月が泣き出した。

理人さんがさっと抱き上げてあやしてくれる。

「あぁ、お邪魔してすみません。それではまた」

私たちは挨拶を交わして、それぞれ別の方向へ向かう。

歩き出すと咲月はすぐ泣き止んで、理人さんの腕の中からまた世界を観察し始めた。

「……ずいぶんと親しいんだな」

「ええ、水野さんとはなにかとご縁があって。仕事でのお付き合いもありますし」

そう言いながら理人さんが彼に会釈してから、相槌しか打っていないのに気づく。

(そういえば、理人さんは水野さんとそんなに接点なかったかも)

でも、それだけじゃない気もする。

ふとからかってみたくなって、私は言った。

「もしかしてやきもちですか？」

「あぁ、そうだな。あんな全面的に信用してるっていう顔を他の男に見せられるとな」

理人さんがあっさりうなずく。しかも、気まずげにそっぽを向いた。

私はぽかんとして立ち止まってしまう。

(理人さんが嫉妬⁉)

今までお友達とのじゃれ合いで牽制みたいに言うことはあったけど、こんなふうに嫉妬するとは思いもしなかった。

「私はあなたしか見てないのですから、そんな必要はないのに」

そう言うと、いつものニヤッとした顔になって理人さんが答える。

「奇遇だな。俺が情熱を注ぐ女も葉月だけだ」

唇を撫でて、甘く艶っぽくささやくから、体温が上がってしまった。

「情熱を注ぐといえば、今度は男の子にチャレンジするか？　イかせまくってトロトロにしてから射精したら、男の子ができやすいらしいぜ？」

「もう、なに言って……！」

照れ隠しなのか、彼がそんなことを言いだすから顔が熱くなる一方だ。

だけど、理人さんに似た男の子を想像しただけで、きゅんとしてしまう。

――水鳥川家のために優秀な婿をとらないといけない。

ずっとそう言われて生きてきた。でも、理人さんに出会って、違う道を見つけた。

もうそんなことを私たちの子どもに言う人はいないし、そんなことは理人さんも私も許さない。

安心して子どもを望める幸せに感謝して、彼に身を寄せるのだった。